飞扬

飞扬·青春校园记忆美文精选

致我的少年

省登宇 主编

国际文化出版公司
·北京·

图书在版编目（CIP）数据

致我的少年 / 省登宇主编 . 一北京：国际文化出版公司，2012.6（2024.5 重印）
（飞扬·青春校园记忆美文精选）
ISBN 978-7-5125-0352-6

Ⅰ. ①致… Ⅱ. ①省… Ⅲ. ①散文集－中国－当代②短篇小说－小说集－中国－当代 Ⅳ. ① I217.1

中国版本图书馆 CIP 数据核字（2012）第 065390 号

飞扬·青春校园记忆美文精选·致我的少年

主　　编	省登宇
责任编辑	艾　迪
统筹监制	葛宏峰　李典泰
策划编辑	何亚娟　黄　威
美术编辑	刘洁羽　王振斌
出版发行	国际文化出版公司
经　　销	国文润华文化传媒（北京）有限责任公司
印　　刷	三河市同力彩印有限公司
开　　本	700毫米×1000毫米　　　16开
	11.25印张　　　　　150千字
版　　次	2012年6月第1版
	2024年5月第2次印刷
书　　号	ISBN 978-7-5125-0352-6
定　　价	39.80元

国际文化出版公司
北京市朝阳区东土城路乙9号　邮编：100013
总编室：（010）64270995　传真：（010）64270995
销售热线：（010）64271187
传真：（010）84271187-800
E-mail：icpc@95777.sina.net

CONTENTS 目录

第3章　致我的少年

第4章　阡陌红尘

目录 CONTENTS

第 1 章

Coffee 印象

晚上和早晨，总是没办法相遇的

春天里  ◎文 / 王天宁

　　眼下我所能拾起的关于乔麦炜的记忆，就像一张有零星字迹的纸，被不知从哪里伸出的大手撕扯得零零散散，拼不成一篇完整的故事。

　　我仍觉得奇怪，是那场多年不遇的沙尘暴刮坏了他的脑袋还是怎地，这小子怎么就闷声不响地走了？我正着急呢，急得屁股上像黏了块烙铁，急得在恼人的数学课上也无心补眠，即使梗着脖子趴在硬梆梆的课桌上，脑壳里也时常晃悠着他装酷扮帅的脸。其实我不愿意承认，在他忽然消失的那段时间我慌了神。

　　我很不喜欢这样的感觉，"乱了阵脚"之类的词汇不该被添加到我的词典里。我还记得那一天天晴得有些失真，天空蓝得不掺半点杂色。教室的门敞着，进进出出都是人。忽然有人叫到我的名字，我抬起头，一封信滑到桌面上。

　　黄色的牛皮信封有些皱、有些脏，信封上印着一串花体英文，我在边角里寻到我熟悉的汉字，仅有的"李子哲收"几个字，异常生动活泼地跳跃着。

　　我叫李子哲。

　　我瞥了那开头几眼，对信的主人心知肚明。

　　"亲爱的折子，请原谅我的不辞而别……"我边看边在心里骂，你小子啥时候也养成文绉绉的酸腐劲儿了。

"我将在美国开始新的生活。"看到这儿我愣住了。我能想象这封信剩下的内容所能容纳的抒情、憧憬、回忆，对我的思念是自始至终贯穿其中的主线。

我不看了，乔麦炜，我就是你肚子里的蛔虫，你想什么做什么。我甚至比你还要明白。我把信整齐叠好，仔细塞回信封里。我发誓我从没对任何一张纸有如此的耐心，即使是自己的课本，也是从封面烂到尾页。

我抽出一本破破烂烂的课本，打开，用钢笔在上面使劲划拉，"谁关心你是不是要开始新的生活，谁关心你生活得好不好，姓乔的，老子干吗要关心你？"那笔不下水了，金灿灿的笔尖转瞬变为锋利的锐器，经过之处留下长长的口子。

那本书顷刻间变得惨不忍睹。我心里慌，即使握紧笔手也在抖。事实摆在眼前，我无论如何逃避不了了：乔麦炜你这小子见利忘义，把我丢下，自己跑去美国享福了。

给他回信，信纸端端正正地摆在桌子上，"亲爱的乔麦炜，春天来了……"撂下这几个字我便不知如何下笔了，"亲爱的"三个字在我眼里无限放大，连我自己都不禁失声笑起来。原来我李子哲，也能如此文绉到酸腐。

我支楞起脑袋往窗外瞥了瞥，一些可用"衰败"、"颓唐"、"枯萎"形容的景象立马满满当当盛满我的眼睛。

春天，早就过去了。

上一次过生日，我和乔麦炜在一起。

那是学校附近的小酒馆，到了饭点儿小屋里仍不见多少顾客。几个穿校服的高年级男生，几乎横着走进来，要来几瓶啤酒，不多言语，仰脖咕嘟咕嘟灌进嘴里。

乔麦炜的眼睛死死盯着那几个男生，随着酒瓶见空，他的嘴巴越张越大，直到其中某个男生喉头一动，将满口泡沫咽下去，他的嘴才骤然合上。

他目送几个男生离开酒馆，直到随风乱晃的布帘子挡住他们的身影。他转过身来，视线与我相对的那一刻，低下头嘿嘿笑了两声，

"这才真正算喝酒，"我长叹一声，"你看，他们来了就喝，喝了就走，半句废话也不多讲。你说，这算不算一种境界？"

他低头切蛋糕，分给我的那块明显大他那块许多。

"境界倒谈不上，"他皱起鼻子嗅了嗅，"你闻到一股特殊的味道了吗？"

"什么味道？"蛋糕甜得发腻，我就着茶水咽下去，喉头依然发紧。

"当然是……"他把蛋糕填到嘴里中，气息在口腔里七拐八转，声音发出来柔软婉转得不行，"自由的味道。"

果不其然，他抹了一把嘴角的奶油，去柜台前买来两罐啤酒。起先他把一罐放在我的纸碟子旁，而后偏着脑袋想了想，把我的那份抢了去，两罐酒一股脑摆在他面前，我不用支楞起耳朵也能听见泡沫在里面剧烈爆破的声音。

我放弃了小声抗议他霸道地把属于我的东西拿走了，用更细小的声音说："你悠着点。"我估计他没听见。

乔麦炜挺大的个头，人也长得成熟，却真正不胜酒力。两三口下肚，整张脸开始泛红。我低头吃蛋糕的工夫，他的眼睛就迷离成狭长的一条缝了。他把酒当水喝，中途停下来痛痛快快地打了通酒嗝。他对我的劝告果然半个字未听进去。

他靠过来搂着我的肩，用剩下的半罐酒晃晃悠悠地碰我的茶杯。"真高兴折子，真高兴你活到了十七岁。"他结巴得紧，吐字断断续续。

"乔麦炜你喝醉了，不行，你不能再喝了。"我伸手去夺他的酒。这当儿，他却异常灵活，右手一闪，左手把我的手紧紧握住。"我给你说，哥们，你可不能和我夺。今天高兴，真的，为了你的生日，为了……为了自由，干杯！"

他用酒罐碰我的茶杯，几乎将茶碰翻。那天他喝醉了，醉得不轻快。

我搀着他出门，恍然听到剧烈的风声在头顶纠缠成一团。风太大，沙子掺在里面，甩到脸上极痛。这是这个城市每年春天都少不了的沙尘暴，只是从小到大我很少置身其中，最寻常的是站在窗前，天空黑得宛如世界末日突降，一些辨不清样貌的物质在风里飞啊飞，而后便是雨，入春以来最大的雨。下雨后天空澄澈，一望无际。照此对比，下雨前末日般的晦暗景象，似乎并不那么可怖。

而此刻我彷佛站在风眼正中心，马路上能见度很低，我眯着眼睛，努力担负肩上的重量，埋头向前走。

他在我肩头哼唧一会儿，突然开口唱歌。调子破破烂烂的，风大还是怎么着，好好的抒情歌愣是叫乔麦炜唱成摇滚。

> 快停止悲伤
> 一起去流浪
> 春天里没有什么是奢望
> 啦啦啦我们去流浪
> 像太阳光
> 照亮每个地方

他的气息喷到我的耳朵上，我听出是他最喜欢的歌手的歌。我揉揉刮进眼里的沙子，冲他大声喊："别唱了，沙子都跑进你嘴里去了。"

"你懂什么，"他不满又不甚清晰地嘟囔了一声，"我告诉你，下场雨就好了……"

当然，我并不因为自己一夜之间年长一岁，较十六岁或更早以前有怎样显著的改变。我依然比乔麦炜矮，矮一大截儿。做事怂，通俗点说就是没种。

同是昨晚一宿没睡，此时乔麦炜能在班主任眼皮子底下埋头大睡，而我只有强睁开眼皮强支起脑袋的份儿。班主任讲的什么我并不知道，他在讲台上走来走去，我啊，只看见一个黑漆漆的影子，更不别提他在黑板上写的长篇累牍的"狂草"了。

眼皮有些沉，昨晚的事猛然浮到眼前。晚些时候我把乔麦炜扔到他出租房的小床上，偏过头眼瞧着沙尘暴仍没有消停下来的意思，只是那些细碎锋利的沙子被黑夜掩盖了形体。我想乔麦炜八成在睡梦里后悔了，这小子没命地往嘴里灌酒，现在整张脸皱在一起，憋气还是怎么，总之通红，仿若要烧起来。睡时他也不老实，时不时冒出一个酒嗝，满屋子都是泛着乳白泡沫的橙黄色啤酒味。

给父母挂去电话，那夜我留在荞麦炜家里。

给他摆正姿势，我躺在他身旁，风抽打在窗子上，发出"砰砰"的声响。他嘴里头吧唧，我听不清他嘟囔什么。

"春天啊……我们去流浪……我们都是太阳光……"

春天里春天里，又是春天里。我闭起眼睛，一道巨大的绿色的光朝我扑过来。我感觉疲惫，又感觉放松，整个人往上飘，飘过了最高最高的山，还要往上飘。我变成了太阳光，从宇宙最深处笔直地投向山隙间的峡谷里。从最高最高的至高处，一刻不停、头重脚轻地往下坠。但是，天呐，我真的，照亮了所有地方。

啊，春天里春天里，该死的春天里……

午夜时我被噪声吵醒，揉揉酸胀的眼睛，看到洗手间亮着灯。乔麦炜跪在地上，双手撑着马桶圈，从我的角度看他的整个脑袋都钻进马桶里了。他一边哀号一边吐，我帮他扯了扯衬衣，防止被弄脏。

他翻过身来，靠着桶壁坐在冰凉的地板上。他的嘴角还有污秽物，在灯下亮晶晶的，头不抬，眼睛直直望着我的膝盖，愣神。

"后悔吗，喝这么多酒？"我把嘴倾到他耳旁。

"当然不，"他用手抹了一把嘴角，"自由！"结尾两个字我和他同时说出来，些微不同，我是低语，他是呐喊。

春天里春天里，春天里，流浪流浪流浪。

该死的春天。

我揉揉眼睛，从睡梦里醒来。班主任讲课把书翻得"啪啪"响，像是多年前的热播剧《激情燃烧的岁月》里头那个石光荣附体，连讲话也声嘶力竭，恨不得在大操场上喊口号。我眯起眼睛，黑板上写得满满当当，还在写，男人弯下身试图叫边边角角也挤满字。

他有些秃的头顶朝向我们，在阳光底下锃光瓦亮。

我心里纳闷，昨晚那场沙尘暴过后并没有雨，天空极平静，好似婴儿从睡梦中醒来。下半夜月亮升到天边，甚至还有云，与白天无差，一团一团胖乎乎的云，挤挤挨挨地凑在一起。

乔麦炜和我平躺在床上，他给我唱歌，一首一首，都是他最喜欢的那个歌手的歌。我迷迷糊糊的，听着他有些哑的嗓子把原本清新的调子唱得破破烂烂，有几首歌他唱过了，还要唱。我说你唱过了，乔麦炜，你老人家唱这首歌好几遍了。

他停下来，接过话头："可是，这是她最喜欢的歌。"

我知道他指的她是谁。我不言语，听他唱，一遍一遍地唱。

后来天空亮起来，他的出租房外面传来熙熙攘攘的叫卖声。我有些恍惚，特别是看着那团红色的太阳，头晕得厉害，这才发觉乔麦炜生生唱了一个晚上。

头晕的感觉一直持续到上课，准确地说一直持续到我从趴在课桌上做的另一场梦中醒来。我抬头朝乔麦炜的位置瞧去，眼前不甚清晰，他安安稳稳地趴在桌子上，睡得正香，没有醒来的意思。

班主任讲几句课就朝乔麦炜的方向瞪两眼。他不叫醒他，也不训他，所有人都知道这其中的缘由，但约定好一样，谁也不开口提。

是错觉还是什么，班主任的余光似乎恶狠狠地往我身上剜了两眼。我一个激灵，坐直了身体。

乔麦炜的课桌上贴满了他喜欢的那个歌手的贴画，整张桌面，密密麻麻都是那个男人不甚英俊的脸。

我朝他看，他也在回望我，神情像极了清醒时的乔麦炜。

我是好学生。我可以毫不脸红地给自己下定义，从幼儿园到现在一直都是。我几乎能够肯定，如果我不是好学生，这个班这个学校就没有几个是了。

乔麦炜不同。用班主任把我叫去和我谈心的话说，是"坏到骨头里的东西"。当然这话他不敢当面给乔麦炜说，乔家父亲是这所学校的校长，也就是他的顶头上司。他是民办教师，领导开除不了他，但可以给他小鞋穿，他怕的是这个。

然而他还是给我说了。他说完有些担惊受怕地环绕四周，确定办公室里没有老师才继续往下说。

我不愿听。我觉得他可笑。甚至，他一男人，也不年轻了，我替他感到悲哀。"近朱者赤近墨者黑"一类的劝告，听得腻歪听到耳朵里快生出茧了。我不是小孩子了，知道他的目的，我是班里唯一有希望考上重点大学的学生，一旦考上，学校会给他一笔不菲的奖金。

该死，又是钱。

我不信没人看到乔麦炜的好。他在体育课后给身体不舒服的女生买水，即使一众男生在近处起哄，他也不曾乱一丝阵脚；他每天会买猫粮绕老远的路去喂公园里成群的流浪猫；他嗓子不好，但他喜欢音乐，准确地说是爱，只有我知道，他把音乐当作自己的理想，那个歌手就是他日后的样子。只有我知道，他执著的追求如此迷人，只有，我知道。

我是好学生，他是坏学生。我清楚这之间的界限，但是，这全然不算界限。我渴望靠近他，渴望融入他的生活。他给酒吧里的驻唱歌手写歌，有时还会抱着吉他冲上舞台伴奏。我在台底下摇荧光棒，真的，我纯粹是为他摇的。唱到兴起时我带头喝彩，舞台上面是一个绝非寻常的乔麦炜。

我常觉得他这样的男孩该有一个或几个女孩走进他的生命里。然而他像寻常学生一样，至今孑然一身。但又不同，他心里给一个女生稍稍腾出点位置。我不知道那个女生是否在那天他给买水的女生堆里，唯一清楚的是，她也喜欢那个歌手，对，是乔麦炜最最崇拜的歌手。

然而只是一点位置而已，他打听到女生最喜欢的歌曲，便再没有什么行动。甚至，他对她的了解，并不比我多。我早就觉得，乔麦炜绝非庸常之人。

我不听歌，不知道那个春天街头巷尾什么歌最流行什么歌最口水。但乔麦炜的《春天里》我记住了，甚至觉得，我这辈子忘不了了。他每天堵着我的耳朵，拼命地唱啊唱。我问他："这是她最喜欢的歌？"

"哪啊，"他小声说，"我觉得这会是你喜欢的歌。"

出了点意外。

我跟班里的几个男生抢篮板的时候被撞倒，身体的重量顺着右肩砸在砖地板上。有一刻痛得头晕目眩，意识回到身体以后我开始叫，杀猪一般没脸没命地号叫。

想来多丢脸啊，一个大男生，怕疼，在地上蜷缩成一团，围上来要搭把手的男生被我这一嗓子吓得全退了回去。

乔麦炜是这时候出现的，他把脸探过来，背着阳光，黑黑的一张面孔我看不清来人，条件反射地小声吼了一句："谁啊？"

一双手轻轻拍了我的脸几下，揽过我未受伤的手臂，搭在他的肩膀上，我居然叫他背了起来。

"乔麦炜，乔麦炜，"我喘息了几声，"我给你讲，你放我下来，不行不行，你不能背我，放我下来……"我还要脸面呢。周围这么多同学，还有女生，他们瞧见，不都得议论，会戳我脊梁骨的。我大约挣扎过，只是越挣扎受伤的胳膊越疼得厉害，从伤处过电一般，骤然传遍身体的边边角角。我痛得打颤，眼前一片朦胧。

"还想要你那胳膊就老实点儿。"他边大步往医务室走，边呵斥我。

"我说乔麦炜……"我带着哭腔哼了两句，只能向他妥协，毕竟胳膊比脸面重要，重要得多。

女医生扳着我的胳膊转了两圈，猛地一个回力，我疼得汗水立马下来了。只是疼痛过后胳膊再无感觉，我自己活动了两下，较受伤前没有任何异样的感觉。

"放心吧，断不了。"乔麦炜擦着额头上的汗，对我说。

"只是脱臼而已，"女医生接过话头，在水龙头下哗哗地冲手，皱着眉头，显出有洁癖的样子，"多注意休息。"

我凭着一只脱臼的胳膊在家里足足躺了一个星期。我的班主任大约以为我的胳膊断了，怕我上不了高考考场，进不了好大学，故慌慌张张地给我签了一个无限长，在我之前看来无限奢侈的假期。

这假期实在太长，乔麦炜一直不联系我，我开始变得不耐烦。转了个星期，他揣了个玻璃瓶跑到我家，扯着我未受伤的手到我家门口的老槐树底下。

刚开始他用手挖，后来在我家后院找到把锨，挖出来的土堆成一堆，洞大得足以把瓶子放进去。"给你，"他从兜里掏出张皱巴巴的纸条给我，自己手里拿了一张，"写，写你的心愿，放到瓶里，然后埋进去。"

他抬起头仰望满树叶子，枝干发达，密密匝匝的像在树冠上盖了层网，阳光几乎透不过来。

我在心里笑他愚，这一套是多少年前玩剩下来的了。到我们这个年龄，也只有小姑娘才玩，玩得乐此不疲。

"写啊。"他扔给我一支笔。好吧好吧，我写。我在纸上潦草地写了几句："祝乔麦炜早日实现梦想。"

我把它举起来给他看，他却闭上眼，把头偏过去，"不要给我看，不许给任何人看，否则就不灵验了。"

而后他写，一笔一划极其认真。他把纸条卷好，连同我的，一起埋进洞里。

他扬起头，目光顺着树梢滑到蓝天上，"春天快要过去了。"他低语着，我不确定他是不是说给我听。

春天，真的快过去了。

我在那个假期的中间，和乔麦炜去了张家界。仿佛夏天提前到来，我们麻利地换上短衣。南方的山水与北方相异，端的是大家闺秀的范儿。

只是乔麦炜，不看山不看水，单对着漫天云朵发呆。有时候我从客车上醒来，看到云朵飘得满天都是，仿佛追着我们在跑。我说你看什么呢？用手在他眼前挥。

"没什么没什么。"他应我，把眼垂下去。

我本以为他会说"自由"之类的陈词滥调，我闭上眼睛，在客车上来回颠簸，半睡半醒间心里嘀咕个没完。

假使喝瓶酒是自由，唱首歌是自由，无拘无束的旅行是自由，那么最宽最广最大的自由是什么呢？

在苗寨遇到一些赤脚靠卖手工艺品补贴家用的小孩子，乔麦炜把兜里的钱一股脑掏出来，分给那些孩子。那帮孩子围着他，像是找到多年前走失的自家哥哥。当晚苗寨举行篝火晚会，那帮孩子齐声喊他的名字，他站在人群的正中央，在篝火旁，还是唱那首《春天里》。

我看到，篝火在他的眼睛里烧了起来。

有一个空当。我是指我和乔麦炜。从张家界回来以后。

他消失了。

他又不像诗里写的"挥一挥衣袖，不带走一片云彩"，我的世界中，哪哪都有他的痕迹，我无论如何忘不了他。

我找了他整整一个暑假，去了他家，按了半天门铃，扬起头，灰尘从门缝中飘进我的眼里。大约把他的邻居吵得不耐烦了，那个男人从门后探出头来，尖尖细细的嗓子冲我说："你找乔校长是吧，搬家啦，据说去了别的城市……"

我甚至打电话给我的班主任，那边听到我打听乔麦炜，声音骤然提高："乔校长工作调动，全家跟着调动。你别想那个什么乔麦炜了，人家既然不联系你说明没把你当朋友，你啊，好好学习……"

他没讲完我就把话筒摔回原位置。"狗杂种。"我狠狠骂道，眼睛酸涩得睁不开。

其实是他的话叫我慌了。我不信，那个什么"没把你当朋友"，我死也不肯信。

我想听他给我唱歌了，我到网上下载了原版本，跟着哼，可我觉得那个歌手唱得没他好听。

我慌慌张张地听，手打哆嗦，心里像悬浮着一个什么，放不下来。

一直到此刻，到收到他的信。他说春天来了，可春天明明早已过了，秋天已不远了。

我隔三差五会收到他的信，信底标注的日期和实际始终不相符。我也试着回了几封信，却一直石沉大海。

我不那么慌张了，我想能有他的消息，就好。

最近的一封来自他的信，我想大声把它读出来：

　　亲爱的折子，去把许愿瓶打开，里面有你要的东西。

我把瓶子挖了出来，在初秋的阳光下把纸条展开，一连读了好几遍："明年春天，我会回来。"

我舍不得丢，我把它揣进自个儿兜里，准备带回家和小时候收藏的糖纸、闹钟摆在一起。

我走在回去的路上，想起我的朋友乔麦炜，有段时间堵着我的耳朵给我唱一首歌，那首歌叫《春天里》。那首歌的旋律如何，我全然忘记了。甚至他的样子、他的表情、他的声音，我也记得不甚明晰。

是的，我只能记起歌词：

　　快停止悲伤

一起去流浪

春天里没有什么是奢望

啦啦啦我们去流浪

像太阳光

照亮每个地方

还有，我记得他那句话："我觉得，这会是你喜欢的歌啊……"

作者简介
FEIYANG

　　王天宁，1993 年生，在《中国校园文学》《儿童文学》等发表文章。爱好写小说、听歌、睡觉，喜欢的现代作家是余华、刘震云。(获第十一届新概念作文大赛二等奖，第十三届新概念作文大赛二等奖)

Coffee 印象 ◎文/黄意

一

> 神说，要有光，就有了光。神看光是好
> 的，就把光暗分开了。神称光为昼，称暗为
> 夜。有晚上，有早晨，这是头一日。

每天清晨，当城市还处在未苏醒的朦胧时刻，夏木的身影出现了。命运就此决定，他们错过。

夏木喜欢这样的时刻，美好而安宁。轻灵的光线中，一个女孩穿着白色雪纺裙，走在寂静的街道上，那里寂静得只能偶尔听见环卫工人几下扫地的刷刷声，这或许有些冷清，但她却好喜欢。踱步，丝毫没有拥挤，也没有汽车尾气，清新干净的空气，让她的心情轻盈得像是在飞翔。

夏木抬起头，阳光渐渐从树叶的缝隙中照耀下来，洒在她的身上。她在街角转了个弯，走进一间雅致的咖啡屋，留下一抹纯白飘飘扬扬。

"夏木，这么早就来啦。"小优蹦蹦跳跳地跑过来，却因为一下子不小心撞到了桌沿。

"哎，你小心点。"

"嘻嘻。"小优露出笑，"没事哈。"

"傻瓜。"夏木刮了她的鼻尖，有些宠溺地说。

而小优则是趴在桌边，看着夏木熟练泡制咖啡的动作，发出惊叹："哇，夏木，你才来没多久就会做啦。"

夏木看着她，笑了，没有回答。

她利落地将咖啡倒进一个白色小瓷杯里，摆好勺子，在咖啡上撒上一些玫瑰方糖。然后，从最上面的柜子里拿出事先烤好的小松饼，小心安放在和咖啡杯搭配好的白色瓷盘上。夏木端起这项杰作给小优，看到她惊讶的表情随即笑出烂漫阳光。

这是一种叫做思念的咖啡，只有这家咖啡屋才有。

夏木呷了一口，换上工作服，在咖啡机前忙碌起来。

而这个时刻，他却在彼岸花园里给他的父亲写着信。

黄昏里有那么一刻光景，坐在木楼梯上静静聆听电台，晚风轻轻翻过手边的书页，天开始暗下来。这个时刻，是暖暖的姜黄色，醇厚得像老电台播音员熟悉的嗓音，适合沉淀和重生。

夏木坐在人来人往的咖啡屋一角，她手撑着下巴，嘴角上扬，静默了几秒，执起咖啡杯，抿了一口那杯叫做思念的咖啡。

我喜欢这样安好的黄昏，在思念中慢慢品尝香味和苦涩，我不明白这种咖啡的特殊。因为，它的制作材料只是最普通的咖啡豆，辅以最普通的兰麝末，一点点玫瑰方糖而已。也许，是长时间的沉淀和凝实才让思念那么醇厚，久久萦绕在齿间。

"夏木！"彼时，是黑发少女突然的惊吓，和短发女生幸灾乐祸的大笑。

夏木按住胸口，平复了一下心情，对着小优："你真是……唉，吓死我了。"

"哈哈，谁让你自己想事情想得那么入神。"

"我……"

"哎呀，好啦，我们走吧。"

"嗯。"

丢下浓浓的思念任其袅袅飘散得无影无踪，女生手牵手走出喧闹的下午五点。而此刻，他踱步走进这家咖啡店，换上工作服开始和他亲爱的咖啡豆打交道。他们一个离开一个出现，只是一秒钟的时间。

他看着餐桌上的咖啡，执起温暖依存的思念，呷了一口，换上工作服，开始研磨咖啡。

"你为什么来这儿？"

他抬起头，惊讶地发现师傅站在他的身边，也许是太过专注于咖啡的制作以至于都没有发觉师傅的脚步声。

"我，我是受父亲所托，趁着暑假，来到这座陌生的城市，向师傅学习'思念'的做法。"

"哦，这样啊。"师傅漫不经心地说，看着窗外若有所思。

而他则是没有迟疑的，低下头继续研磨他的咖啡。

"你可以再多加一些感情。"在静默了很久之后，师父突然这么说。

"嗯？什么？"

"咖啡需要灵魂，真正的咖啡，不仅仅是那杯氤氲的咖啡色胶状物，而还包括搭配咖啡的点心、器物，甚至于咖啡杯的纹理，因为这一切都带着做咖啡的人的感情。"

"所以，我还需要为它多添加一份意义。"他自言自语道。

师傅满意地笑了，随后拍拍他的肩膀，离开他的工作间。

这就是我的师傅，一个很奇怪的人，他只答应在晚上教授我做咖啡，但他的咖啡造诣却很高。师傅把他自己从事的职业叫做咖啡师。我是受父亲所托，趁着暑假，来到这座陌生的城市，向师傅学习"思念"的做法。

他把咖啡豆放进袋子里，然后拧紧了压力阀，把最新鲜的咖啡豆保存了起来，重新铺了一下餐桌上的白色餐布。

"真正的咖啡，不仅仅是那杯氤氲的咖啡色胶状物，而还包括搭配咖啡的点心、器物，甚至于咖啡杯的纹理，因为这一切都带着做咖啡的人的感情。"

他常常坐在租借的那套彼岸家园 801 的阳台想着师傅说过的话，同时看着旁边空空的 802 的阳台怅然所失。

每天 2 点 59 分，他轻啜了一口叫做思念的咖啡，然后默默地离开，留下沉甸甸的思念在那里把温度慢慢降到冰点。

光与暗分开之后就有了白天和黑夜。

二

神说，诸水之间要有空气，将水分为上下。神就造出空气，将空气以下的水，空气以上的水分开了。事就这样成了。神称空气为天。有晚上，有早晨，是第二日。

地铁站，人潮拥挤，夏木和小优瘦弱的身体在人群中摇摇欲坠。这是下班的时刻，人们像是炸开锅的爆米花，一颗一颗都迫不及待地从锅炉里蹦跳出来，挤上回家的地铁，因而地铁里面都是一颗又一颗的爆米花，这么说来还有某些爆米花对另一些爆米花进行性骚扰呢！

哈哈，这么想着，小优笑起来了。

"你怎么了？"

"唔，没什么啊，哈……哈……"

"傻瓜。"夏木拍拍她的脑袋，"啊，我们到站了。"

"哦，好！拼命挤下去吧。"

出了站，到达地面。天色渐暗，没有星星和月亮，到处都是绚烂多彩的霓虹灯，耀眼得刺伤夏木的眼睛。

她喃喃自语道："果然城市里的人好多啊。"

"嗯？"

"哦，不，没什么的。"

"夏木是从很远的地方来的吧。"小优冲着她，露出毫无防备的笑。

"嗯，是啊。"

"为什么？打工吗？你可不像啊。"

"我……是受母亲所托，趁着寒假，来到这里，向师傅学习'思念'的做法。"

突然间，耳朵里似乎出现了另一种声音，细细碎碎，夏木不明白，怎么了，是发炎了吗？然而，那种声音渐渐清晰，是个男人的声音啊。

我是受父亲所托，趁着暑假，来到这座陌生的城市，向师傅学习"思念"的做法。

"啊，怎么会！"夏木抬起头，惊讶地轻叫。

"怎么了？"

"哦，不，没什么。"

"这样啊，嗯，好吧，我到家了，明天见吧，拜拜喽。"

告别小优，夏木仍旧奇怪着她听见的声音。拼命地想，那是谁？为什么和她说一样的话？他们有什么联系吗？和师傅有关？和思念有关？这些都是她所不知道的事，不知不觉，当夏木再次抬头，已经远离彼岸花园很远很远了。

我怎么会走到这种地方？

她在心里这么想着，看着眼前的公园，好美啊，发出这样的惊叹。她坐到喷水池边的长椅上，看着白鸽啄食着地面上的食物，她拿出在咖啡店烘烤好的华夫饼干和小曲奇，掰碎了撒在地面上。然后微笑看着鸽子们先是害怕，当她离开才慢慢靠近那些饼干啄食起来。

这真是一个好地方，下次再来吧。夏木这么想着。

清晨的初露透出晶莹，明媚的一天早晨，老爷爷和老奶奶在公园里晨练，一个小孩子牵着妈妈的手走过他的面前。他坐在长椅一处，看着白鸽，拿出饼干，弯下腰微笑着递给它们。

不工作的时候，我喜欢搭乘公车在这个陌生的城市漫无目的地游荡，看着人生百态的别样的风景，这样一段时间以后，我发现了一个好地方，那是在彼岸家园和咖啡店中点的一个颇为雅致的公园。无聊的时候，我常常坐在公园中心喷水池边上的长椅喂喂鸽子，听说这里最出名的是一个月后的樱花，不知道我有没有机会看到。

"小良，你又来啦。今天还是那种叫做'思念'的咖啡吗？"

"嗯，可以的话，请您品尝吧。"

"哦,好啊。求之不得。"中年妇女捧起咖啡杯，抿了一口，眯起眼睛，嘴角上扬，"嗯，真不错，又浓又香，和那个女孩子的一模一样。"

"女孩子？"

"对啊，你不知道吗？每天傍晚总有那么一个女孩子来这里分发咖啡和糕点，她的咖啡好像也叫'思念'呢。"

"噢？是吗，还会有人做师傅的'思念'啊。"他惊叹道。这个神秘的女孩到底是谁，真想见一见。不过，怎么是在傍晚？

温良收起咖啡杯。

晚上和早晨，总是没办法相遇的。

三

神说，天下的水要聚在一处，使旱地露出来。事就这样成了。神称旱地为地，称水的聚处为海。神看地是好的。神说，地要发生青草，和结种子的菜蔬，并结果子的树木，各从其类，果子都包着核。第三日，事就这样成了。

温良和夏木工作异常努力，因为他和她来到这座城市都只为了同一个目标——为他们的亲人做一杯真正的咖啡……

每天早上她习惯搭乘那班从城东到城西的公交车去上班，在 5 个小时前他也习惯搭乘那班从城西到城东的地下铁下班。

每天下午她习惯搭乘那班从城东到城西的地下铁下班，而 1 个小时前他也习惯搭乘那班从城西到城东的公交车上班。

至于这样选择的原因，他和她出奇的一致，上班的时候，比较赶时间，下班的时候，可以一个人慢慢地游荡，仅此而已。

四

> 神说，天上要有光体，可以分昼夜，作记号，定节令、日子、年岁。并要发光在天空，普照在地上。事就这样成了。于是神造了两个大光，大的管昼，小的管夜。又造众星。就把这些光摆列在天空，普照在地上。管理昼夜，分别明暗。神看着是好的。有晚上，有早晨，是第四日。

清晨，温良坐在写字台前，寂静的房间里只有沙沙落笔的声音。这是他的习惯，来到这里以后每天都要写点什么，这就好像是旅行日记一样。现在，他睡不着，于是，起来打开灯，写点什么派遣心情。

昨天父亲给我打电话，我向他问起了关于这些咖啡店的事。他讲起了，他年轻的时候和一个女孩，一个偶遇却若失散多年的恋人的女孩，在那个咖啡店一起喝过那种叫做思念的咖啡，之后就再也没有见过那个女孩，以至于直到现在再也不敢踏足这座城市。说到最后他的声音有点哽咽，我被感动，回去以后我一定要亲手做一杯给他喝。

奇怪，每天我在咖啡店都会喝这种"思念"，为什么我从未喝出其中的味道？当我问师傅这个问题的时候，他只是反问我，你喝的"思念"是你自己做的吗？然后笑而不语。当然不是，我喝的思念都是白天的人做好的，同样我每天在下班前会把白天需要的"思念"做好。因为"思念"这种咖啡比较特别，需要时间去沉淀和凝结，这样子才能把口感最好的"思念"供给需要的人。

这就是问题的答案吗？这之间有关系吗？

温良写不下去了，放下笔，靠在椅背上，叹了一口气。

而墙的另一边，夏木趴在床边，折着纸鹤。洁白的纸鹤，躺在床上，裸露在早晨轻灵的光线中。她盯着自己折的纸鹤，若有所思。

昨天母亲和我煲了好久的电话粥，我们聊到咖啡店的事。她的情绪突然有点不对劲，许久才告诉我一个她年轻的时候在咖啡店偶遇一个仿佛失散多年恋人的男孩，一起喝过这种叫做"思念"的咖啡的故事。这也是她为什么再也不踏足这座城市的原因。我不知怎地觉得很能理解她，回去以后一定要做"思念"给她喝。

"思念"这一种咖啡，在咖啡店里，我是每天都要喝的，因为这种咖啡的口感特别醇厚，入口的香气萦绕在皓齿间久久不能散去，而且它的制作材料只是最普通的咖啡豆，辅以最普通的兰麝末，一点点玫瑰方糖而已，除了需要很长的时间来沉淀和凝实，真的没有什么特别的地方。至于他的制作方法，师傅说是向他师傅学的，至于他师傅是从哪学到的，他也不知道。

只是，我好像也养成每天都喝思念这个不知道是好还是坏的习惯。

五

神说，水要多多滋生有生命的物，要有雀鸟飞在地面以上，天空之中。神就造出大鱼和水中所滋生各种有生命的动物，各从其类。又造出各样飞鸟，各从其类。
神看着是好的。神就赐福给这一切，说，滋生繁多，充
满海中的水。雀鸟也要多生在地上。有晚上，有早晨，
是第五日。

就在昨天，师傅给了温良和夏木各自一张报名表，希望他们参加
一个明天的"幸福点心大赛"。

温良上网查了半天资料，列了好几张清单，又全部撕掉。幸福到
底是一种什么滋味？他不知道，只好郁闷地到阳台透透气。

刚好是太阳落山的时候，夕阳把窗外的风景都染上一层昏黄，温
良看着远方的景色一股暖意油然而生。晚风浅浅淡淡地吹过他的发间，
在发隙间留下暖暖的气息。对面阳台上，晾着一件米黄色的连衣裙，
也随风轻轻摇曳着，形成一幕绝美的风景画。

温良愣了一下，随即笑了。

我明白了，什么是幸福的滋味。他走进房间，开始写配方，调试咖啡。

当一切就绪的时候，看看表，熟悉的 2 点 59 分，温良浅笑一下，
给自己道声晚安，关上灯，就进入了梦乡。

夏木揉揉惺忪的睡眼，看了看表，已经凌晨一点了。幸福，什么
是幸福？是爸爸妈妈那样的吗？她没有任何想法，只是傻傻地盯着房
间一角，为自己的愚笨而懊恼。很晚了吧，不知道今天星星会不会出
现呢？

她走到阳台，看着窗外的天空，夜色融化了，洒落下一地星光。
夏木发出惊叹的声音，因为每天都要上班所以她通常都是很早就睡下
了，没想到凌晨的星星是这样的好看，很纯净很纯净的样子，让她一
下子就忘记了自己。

不知道过了多久，小夜风让她紧了紧身体，她觉得有些冷。于是，
转过身，咦？对面的窗户里居然有亮光，夏木以为那里都没有人的，
可是现在她发现那里居然有人。浅浅的灯光，让人感到很温暖。

夏木愣了一下，随即笑了。

我知道了，什么是幸福。她走进房间，靠在软软的枕头上，还是不想睡，只是傻傻看着窗外，终于灯熄了，2点59分，她也按上了关灯的按钮。

<h2 style="text-align:center">六</h2>

神说，地要生出活物来，各从其类。牲畜，昆虫，野兽，各从其类。事就这样成了。

于是神造出野兽，各从其类。牲畜，各从其类。地上一切昆虫，各从其类。神看着是好的。

神说，我们要照着我们的形象，按着我们的样式造人，使他们管理海里的鱼，空中的鸟，地上的牲畜，和全地，并地上所爬的一切昆虫。

神就照着自己的形象造人，乃是照着他的形像造男造女。

神就赐福给他们，又对他们说，要生养众多，遍满地面，治理这地。也要管理海里的鱼，空中的鸟，和地上各样行动的活物。

神说，看哪，我将遍地上一切结种子的菜蔬和一切树上所结有核的果子，全赐给你们作食物。至于地上的走兽和空中的飞鸟，并各样爬在地上有生命的物，我将青草赐给它们作食物。事就这样成了。

神看着一切所造的都甚好。有晚上，有早晨，是第六日。

比赛的地点是在市里面的一个颇为雅致的公园，地理位置恰好是咖啡店与彼岸花园的中点，公园里的樱花开得正是时候，漫步在公园的小道，一些运气好的人会被飘下来的樱花瓣温柔地砸到鼻子，比如，他和她。

他："哦，对不起。不小心撞到你了。"

她："哦，对不起。不小心撞到你了。"

他："刚才撞到的那个身影好熟悉……米黄色，好温暖的颜色。"

她："刚才撞到的那个身影好熟悉……在他肩头的那只小鸟好可爱，那只小鸟干吗只和他好，不和我好。"

终于"幸福点心大赛"开始了，温良和夏木都在选手席上准备好了，感谢神的安排，他们刚好是对面，不过让他们更惊讶的是他们的师傅赫然坐在裁判席的正中央。比赛的规则有点奇怪，裁判除了坐在裁判席上的10名，还要由抽签决定一名选手来打分，当然11个打分中要去掉一个最高分，去掉一个最低分。

比赛就这样开始了。

天气真的很好，樱花瓣都随着风婀娜地跳着舞，比赛如火如荼地进行着……

终于到了最紧张的评审阶段，他按照规则，把他的作品推进神秘的评审室，他扫视了10名评委，师傅不苟言笑地坐在中间，装得可真正经，在心中暗笑一下，最后目光提留在被屏风挡住的那名作为评委的选手，觉得，莫名的熟悉……

她在屏风后面，有点小紧张，莫名的。

之后，狡猾的神把他和她的位置对调了一下……

同样的莫名熟悉，同样，她略带迟疑的凝神和他的小紧张。

走出评审的大厅，温良总算是松了一口气，在公园里漫步，心里还回味着他刚才评审的作品：深夜天空一样的湛蓝色的细瓷杯，嫩滑爽口的冷奶油平铺在浓浓暖意的咖啡上，略带酸味的柠檬汁点缀着吹弹可破的奶油，旁边同样湛蓝色的细瓷盘上，曲奇小饼如星星一样闪烁，切好的柠檬片，一小盏奶油，一把精致小匙整齐地摆放着，附带的一张便签写着：

卡布奇诺——希望

走出评审大厅，夏木整个人都放松下来，在公园里漫步，心里还回味着她刚才评审的作品：乳白色瓷杯，金色镶边，黏稠的奶昔，镶嵌着犹如绝美夕阳的蛋黄，撒着少许巧克力末，边上的小碟上摆放着烘焙好的暖洋洋芝士蛋糕，一小盏奶油，充满金属质感的小餐刀，小餐叉衬托在旁，附带着一张便签写着：

摩加佳巴——希望

突然眼前一花，她又被某个陷入沉思该死的家伙撞了一下。
"又是你……"
"又是你……"
"你也参加那个比赛呀？"
"你也参加那个比赛呀？"
"对呀！"
"对呀！"
"……"

就这样在喷泉边一见如故畅谈甚欢，以至于忘记去关心那个比赛的进展，不知不觉夜幕悄悄降临，他和她不自觉地往地铁站漫步，一列开往城东的地铁停了下来，这时他的手机闹铃响起，他才想起自己还要上班，他才意识到自己错过了后面的比赛，想到师傅一定会很生气，他赶忙顺势踏上地铁，"不好意思，我还要上班，不知道可不可以告诉我你的名字和联系……"

地铁的门重重地关上了，地铁呼啸而去。
"你这个家伙……"她生气极了，也踏上一辆反方向的地铁。
交错而行的地铁犹如两条平行线永远不会交点……

七

天地万物都造齐了。

到第七日，神造物的工已经完毕，就在第七日歇了他一切的工，安息了。

神赐福给第七日，定为圣日，因为在这日神歇了他一切创造的工，就安息了。

出乎温良和夏木的意料，关于那个大赛的表现师傅并没有说什么，他和她还是每天在各自的时间搭乘公车和地下铁上下班直到这个假期快要结束的时候……

在咖啡店的工作快要结束，师傅突然找温良谈话，问他说喜不喜欢咖啡师这份工作，愿意不愿意继承他的衣钵。他一下子无言以对，只是顿了一下，下意识地摇了摇头。其实他是从心底喜欢上了在咖啡店的生活，纯粹，没有一点杂质，尽管很平淡很忙碌很疲惫，可是每天都过得有滋有味。可是他真的可以一辈子留在这里吗？温良能够不回去他原本充满物质的生活吗？假如那天在公园遇到的那个女孩是我，她又会怎么选择呢？

在咖啡店的日子快要数完了，师傅突然找夏木谈话，问她喜欢咖啡师这份工作吗，愿意一辈子做咖啡师，她一下变得讷讷的，最后还是摇了摇头。她真的喜欢上了这两个月的生活纯粹，没有一点杂质，尽管很平淡很忙碌很疲惫，可是每天都过得有滋有味，可是原本五光十色的世界我就可以放弃吗？我可以忍受一辈子的平淡吗？如果那天我在公园遇到那个男孩和我在同样的处境，他会怎么选择？

回到各自的原本生活中心里似乎没有留下一点对方的影子。搭乘不同方向的地下铁，牵着别人的手，逛着风景不同的公园，为不同的人煮着同一种叫做"思念"的咖啡，体会着同一种思念……

作者简介
FEIYANG

　　黄意,1992 年出生,双鱼座,很迷糊,喜欢幻想。将来想拥有一个农场。(获第十二届新概念作文大赛二等奖,第十三届新概念作文大赛二等奖)

天与地　◎文/向夏

　　那个夏天开始的第一天，我径直去了 W 城，只因了魏何的一句"W 城也有'天与地'"。——单纯至极的目的，就像当初我什么也没想就去了 S 城，单是认定自己梦想在那里。

　　我拎很少的行李到 W 城，车站拥挤，站台再不让送行，过往离别的画面终究成了臆想。粉红色的车票捏在手中，仿佛随时会脱离，上车时人们总是争先恐后，我总愿站在一旁静静看他们的姿态，未了才拎起行李尾随。

　　他们不知，先来或是后到，其实终究，都是一样的。

　　我就这样到了 W 城。

　　我就这样又一次见到了魏何，还有忍冬。

　　我们三个人相遇是在"天与地"——S 城。说来也是极有戏剧性的，天南海北的三个人，想来是一辈子都不可能有什么交集的，确实这样说碰到就碰到了。"天与地"也不是什么简单的地方，鱼龙混杂的，三人竟能在嘈杂的人群中碰见彼此，互相碰了杯，交换了姓名也就算认识了。聊下来却竟也投机，缘分很多时候就是这么件事，惺惺相惜的，千里相隔也不过是掸指一挥就解决的问题。那天，三人都喝了不少，聊到后来竟都碰了心里的伤，落了泪。头次见面就敞开心扉的少，完全裸露的心还能不让彼此恶心的更少，不让彼此恶心反而相见恨晚的就少之又少。于是我们三人互留了号码地址，约定相遇下一个"天与地"。

W城一聚，便因此而起。

其实那次事后我去找过忍冬，穿越大半个中国，也是没由来地想念他，我认定万里之外的他能懂，一厢情愿地去往B城找他，从我所在的G城北上，穿越地域的垂直差异与人情的变化，眼看热带风情变成江南的恬静最后转为北方的风沙。我心中藏着悸动，快到B城时拨通忍冬的电话告诉他自己行将到来。

一个人热情是好，过于热情了就显得轻佻。可惜我当时没想到，我把自己与忍冬的投机当了真正的缘分，毫不保留地坦露自己的心思情绪却忽略了他的承受程度。忍冬小我几岁，典型的北方少年，可惜这年头南北大有要对调性格的趋势，南方男子们个个强悍了起来，北方汉子们倒落得心细了，也许憋屈久了就都得变，谁受得了一天到晚的单一？就像我，憋屈久了也得变。

忍冬车站接我，我说自己待几天就走，料得忍冬会说几句挽留的话，男女相交，多是依着对方的性子点，男孩子也得跟着女孩子发发嗲，拉你的手学你的话，他却神情恍惚地说好。心里也不知怎么一下冷落了起来。

毕竟只见过一次，就这样找上来终究不太好。

我在心里开始有些悔了。

忍冬在校外租房子，很小的那种，专供学生的，比宿舍强不了太多，我见他房里的饼干泡面便说："这怎么行？姐姐给你做有营养的！"二话没说拎着钱包就跑了，回来时手上多出许多大卖场的绿叶食物，我怕生腥的东西，自己平时也多吃素，倒也凑合，却忘了眼前的小肉食动物，只能抱歉。

忍冬从冰箱拿出速冻牛排揉着我的头发，笑着说："你这个傻子！"

想是舟车劳顿，菜烧得失了水准，吃是能吃，不免碍了胃口。忍冬不多言语，细细地捡菜堆中的肉丝肉沫，他吃得安稳，亦未曾抱怨，如同驯服的食草动物。

这样的男孩，看了总要让人心生欢喜的。

饭罢疲极，与忍冬坐在他的小床上看一部片子，温馨的爱情片，两个因为任性而无法相爱的恋人，片子色彩瑰丽，音乐亦做得丰盛，我靠着忍冬的肩不紧不慢地看，他取下眼镜用衣角随意地擦拭着，我也摘下无镜片的眼镜要叫他擦，他被逗得笑起来，不深不浅地两个嘴窝露出来，黑暗中在电脑屏幕的光下若隐若现。忍冬假装很认真地擦起来，拿起来对着虚有的镜片哈气，用自己衣服干净的一角细细擦拭，末了小心检查，转过头满意地要给我戴上。

然而忍冬转过头看到我的脸表情就变了："颐朵，你怎么哭了？"他急急地问。

我急忙抹上眼睛，一手的泪水，我扯起嘴角对忍冬笑，"我没事儿，我没事儿……"也不知怎么的，一说这话我自己就先受不住了，"哇"一声大哭起来。忍冬忙手忙脚地给我找面巾，我说："忍冬，我真没事儿，我看电影呢，你看这电影演得多好是吧……"忍冬将信将疑望着我，我指他看屏幕，荧幕上两个苦恋的情人终于解开心结，修成正果，吻得正起劲，我看着画面心里也纳闷今天到底是怎么回事却又"哇"一声忍不住哭出来。忍冬看屏幕又看我，像明白了什么似的，一把将我揽入怀里。

他胸膛宽阔，我将泪流在他肩上，小声与他说："忍冬，我有过一个弟弟，与你一般大，小时他便死了，若他在，我也能常有这样一个肩膀，这样一个依赖了。"

忍冬的身体短促地颤抖了一下，复又将我抱得更紧。夜像海，我依着他这只小舟，摇晃前行，却再也不怕风浪，我与他低低说我弟弟小时的事情。事已多年，其实我根本不记得什么，若不是这么多年父母提起，我大约是早已忘掉了的。小孩本是残忍的，长大了便更冷漠，我说小时弟弟与我在街上的相互追逐，说他偷偷塞给我他偷拿的糖果，说我答应长大后做他的新娘……

不知讲了多久，眼皮是支撑不住了的，言语却无停断，也不知是什么在支撑自己。忍冬房间的空气混着泪，漾出发酵的味道。

忍冬只是听我说。他一语未发我却知他在听，一字一句地听，句句到心地听，我感动，却止不住心里的伤。

天色渐亮，我终于疲极，睡倒在他的床，忍冬为我摆好枕头，掖了被子，叹了口气，轻轻地，他说："颐朵，你都不知道自己藏不住话么，你说的明明不是你弟弟，你说的明明是你爱的人啊……"我分不清是梦是醒，只听低低一句："颐朵，你不知我喜欢你吗？"

第二天我卷了所有行李仓惶而逃，不论昨晚的一切是否真实，离开总是最好的办法。

我总是这样，习惯逃离。

忍冬的话像一盆水，硬生生泼在我这团火上，我对他热情是因了把他当朋友、当弟弟，殊不知他生出了别的感情，我自责，伤心也遗憾。恋人好找，朋友却少，失了忍冬，我下一次心碎该去哪里？若我被海上暴雨所噬，去哪里白帆再起？

不久魏何打来电话，说 W 城也有"天与地"，我匆忙赶来，见到魏何。意料之外，忍冬也在。

魏何笑着接过我的行李，说三人再聚必有好事，我心中却情绪复杂。

三人相聚，确是各自心怀鬼胎。

魏何大我几岁，已经工作，准确说是已经退学工作，他做设计，电脑、绘画，摄影与文字也略有接触，懂得品音乐，读音节，灵魂与摇滚相通，却长着一副爵士的外表，随意却掩不住骨子中的不羁与满腔的才华。他是内陆男子，性格直条却又复杂，不难摸透却难捉摸。忍冬其实也是放荡的，野心藏在他年幼的身体里，孜孜不倦地燃烧，我们三个，也正是因为这点而意趣相投的，我们都向往魏何的生活，却只有魏何真正得到了这般生活。

　　我装作释然，嬉笑与他去魏何的住处——一个独立工作室，不似想象中的糟乱，他亦是个干净的男子。我们说来也是"愤青"，小屋中迅速溢满了我们的高谈阔论。聊天并不是女生的专项，要知道真废话起来，男人也未必差，不然相声怎么净是男的说的？

　　说到激动之处他们俩在一起争，我在一旁看。忍冬停下来朝我看："颐朵怎么不说话？"眼中射出渴望的光来，我急急躲闪，推辞对话题并不熟，眼光躲向一边。魏何也说："在'天与地'，记得颐朵是说得最多的，怎么今天腼腆起来了？"我推说旅途劳累，忍冬忙让魏何腾床给我，我忽然心中生出一丝害怕，怕伤了忍冬，忙又装出精神百倍的样子，他们俩将信将疑，我真恨不得马上跑个千米给他们看。

　　W城也是繁华之地，魏何提前完成了case陪我们闲逛。

　　城市雕塑被火热的太阳烤得发烫，魏何偏冲上去要与雕像扭那种看了让人浮想联翩的pose，我与忍冬拍下他，他好不得意。

　　三人日益熟络，本来就臭味相投一连几天待在一起更是熟得恨不得认同一个爹妈，我将忍冬喊作弟弟，他也不回避地叫姐，我想真好，终究释了心结。

　　我拖魏何带我去W城著名的商业广场疯狂购物，他们看我一副势要将卡刷爆的样子，吐着舌头骂我败家，我就把他们拖进内衣店看我买内衣，导购小姐耐心地讲解，把自己的胸揉得像面团，我偷偷斜眼望去，魏何倒是在众人的目光中脸不红心不跳的，到底是混过江湖见过世面的。只有忍冬不断看着bra叹着"世界真是虚伪"来掩盖自己的窘迫。我一把将买好的bra塞到他手里说："你们男人因为胸爱女人才虚伪呢！"逛夜市吃小摊，也是三人买不同的，你一口我一口，我的勺伸你的碗中，有次我买的那份最好吃，我一边吃一边赞叹引来了他们的一勺又一勺，可怜我只能哀怨地看着自己的碗一点点空下去，下次学乖了买了好吃的就不断喊难吃，没想到他们又伸勺子过来，连说"让我见识下什么这么难吃"。尝了鲜他们变本加厉连碗也夺过，美其名曰："帮助受灾群众"，我更是百口莫辩。

就这样一日日游荡，一日日欢笑。

若是时间停留在此，纵使一生来换，也定是没有犹豫的了。

我们再去"天与地"是一个夜晚，W城的'天与地'与S城的不同，W城的"天与地"竟是一个安静的地方。

魏何跑去帮我们买饮料，只剩我与忍冬，闲聊起来，忍冬说："其实我也有个姐姐的。"

我正看远处，听了他的话偏过头惊叫："是吗？！"忍冬微微一笑说："很小的时候死了。"我笑起来："骗人的吧！"忍冬也笑，我朝他砸过拳头，他也不还手。

忍冬说："颐朵你知道吗，其实你的眼里一直只有远方。"

我朝他说："我们不都是，都在朝自己想要去的地方前行啊。"

忍冬说："不是，你想去远方并不是因为远方有你想要的，而是因为你惧怕过去与现在。"

我被击了软肋，低下头不言语。

忍冬说："若你想去远方，请让我陪你一起流浪。"

其实我没有告诉忍冬，我爱一个人，这个人叫魏何，我第一次见他是在'天与地'，第一次认识他也是在'天与地'。也正是魏何，在百万人中吸引我前往。我热爱流浪，热爱远方，热爱逃亡，热爱那些没有目的的剪辑，热爱火车前行时的摇晃，如同在母体中，随生命的滋长而震颤，而魏何，他就是我的流浪，我的远市，我像一只猎犬，不，或许猎犬都不是，我闭上眼，蒙了口鼻我都知道他在哪，是的，他是一个巨大的磁场，吸引着我前往，一切有关他的东西都足以让我失魂，我密谋向他出发，直至我们三人在"天与地"的那次交汇。

我并不讨厌忍冬，如若没有魏何我定是会爱上他的，这样一个让人温暖的男孩子。但若爱上一个人，心与身便不再是自己的了，他们背离自己而去，脑也支配不了自己，若爱一个人，必然也爱他给你的这般折磨，我们好比一张张粘贴纸，未撕前以为自己是完好的，一旦爱上了人，撕下了胶贴便漾出不绝的疼痛，分离出两个自己。心的自己是粘人的一半，是要紧紧贴上自己爱的人；身的自己却徒留黄黄的一薄片，没了表情没了魂魄，只有终日的恍恍。

魏何于我就是这样一个，他就像一张长而绚目的波，从左至右，从长至短，迅速掠过我的可见范围，依赖着流浪的以太呼啸而去。

然而我知道魏何并不喜欢我，我于他如同忍冬于我一样，感情并不是一般等价物，我说不爱魏何了这份感情便会转向忍冬，距离是这样一件事情，记得有个词叫 in distance，我与你，只要在距离中不论靠得再近也终有介蒂，无法彼此相拥。忍冬给我看的片子，讲的就是这，我看了便落下泪，亦不知他是真傻或假天真。

我想"天与地"其实就是指我和你吧。

真讽刺。

那晚我们又喝了许多，我其实是向来不易被酒精麻痹的，不过是精神上觉得"该醉了"便迷糊起来。他们俩喝多，抱着对方喊兄弟，魏何醉至深处朝我说："颐朵，难道你看不出忍冬喜欢你吗？"

我当即落了泪，魏何，为何你亦未曾看出我爱你。

第二天清晨，我收拾东西离开，盛宴总是要散的，我们相处，总不可以太当真，太当真了也就该散了，S 城的"天与地"喧嚣而华美，W 城的"天与地"淡而伤感，我想我再也不会来 W 城与'天与地'了，天与地总是以为自己天天相望，离得很近，殊不知天终究是天，地终究是地，见得再多也无法相聚。

回忆是把精美的刀，等一切往事过去后便冷不防刻进你身体，痛彻心扉，忍冬说我害怕过去与现在，我没有告诉他我只是害怕回忆而已。

于是第二天我背起包，走进另一片天，走进另一方地。

作者简介
FEIYANG

　　向夏，真名黄烨，女，1993年3月出生于上海边际的江苏小镇，双鱼座，命中注定缺火。钟情于影响音乐文字以及"梦想"二字。(获第十一届新概念作文大赛二等奖，第十三届新概念作文大赛二等奖)

秘密信物 ◎文/另维

一

你持着篮球在一群少年的簇拥中缓慢下楼，额前严重违反校纪校规的刘海一抖一抖，配上时而坏笑时而掳唇的青草味的表情，在心脏最柔软的部分轻轻浅浅来回行径。依旧是早饭时间，黑压压的人群像一只蠕动的大虫占满了每一条通往食堂的路，你们嬉笑前行，运两下球追打几步，最终悠闲地停在教学楼前红绿相间的塑胶篮球场。

在站定的一瞬跳起之后，你抛球远射，篮球牵着你的目光划出漂亮的弧然后擦板而飞，这已是你连续第13天的失手了。

可动作却比昨天又潇洒了一点呵。

你在同伴的笑谑里郁闷地吐了吐舌，时间是惊人准确的 7：35，你每天都是这样。

我也是。

春分前一天的清晨 7：35，每每有人一边问着"在看什么呀"，一边好奇不已地扑上来，甚至有意无意地经过，我便皱起眉头摆出一副沉思到忘我的表情，念念有词：当 k 大于零时，y 随 x 增大而减小，当 k 小于零时，y 随 x 增大而增大……

二

我并不认识你，除却知道你在二年级教学楼里上课，喜欢拖着鞋走路，爱穿草绿色的 T-shirt 爱打球，每天悠悠闲闲似乎有些不太用功外，我对你的了解也所剩无几。

连交集都只有一次。

是一个数百人一齐照常拥挤在狭小小卖部的第二节课间，我呈汉堡状高举两块钱呐喊着"一个番茄面包"，正郁闷于无人回应的时候，站在柜台后我前边的你突然回头，眼花缭乱和人头攒动里，你那张灿烂的大脸笑靥如花，你看也不看便一把塞给我我要的，一句别扭的普通话版"先拿我的走"之后，又转回去重新呐喊起"番茄面包"。

就在那唯一一次的交集里，我握着两块钱的手孤零零地伸在半空，周围的吵杂和拥挤一下子不存在了，全世界只剩下你的"番茄面包，诶，再拿一个番茄面包"、你被挤得歪七扭八的细瘦的背影，以及我重金属节奏般的心跳。

土里吧唧的方言被你讲得很 MAN 很玩味，就连出店后那些又囧又懊恼的"靠！不会吧？我没看清，给错了"和"不可能要回来，太丢人了"也是一样。

三

嗯，似乎就是从那天起，有什么开始不一样了。

我在每个课前张望着你的必经之路盼望你出现，课间总要在操场里转上两圈试着遇见你，早晚饭点远远俯视你的时候，心底那份坚韧的、把全部生活图上色彩的小期待与小紧张，莫名其妙地清晰明确。

我看见你走来心脏会跳得近乎麻痹，会佯装镇静缓缓竖起书本然后收回视线朗读课文，抑或拍拍同桌关羽熙说两句"你看树又绿了"、"今天天好蓝"之类的话；好容易遇见你了又生怕被看出什么，连忙挺胸抬头瞄也不瞄你就大步走过。这些被你完全操纵的哀愁与欢喜，清晰明确得莫名其妙。

可是你知道吗，虽然越来越爱幻想如果那天你冲上来要我还你面包顺便要个 QQ 号会怎样，我却并不急于认识你，我喜欢我日记本里关于爱而不得的煽情忧伤的句子，我的青春简直像小说一样牛逼闪闪，我享受着你带来的酸涩苦痛与欢喜，活像一个纯情的小变态。

即使是这样，相遇依旧快到让人措手不及。

下课不久，你和你的小团体竟停在了我教室门口，我顿时如坐针毡了，耳郭嗡嗡作响，大脑运转停滞，我拍拍同桌关羽熙示意她让我出去，再恢复意识时人已然出了教室门。我连忙尴尬地扎下头，正在决定是否径直上厕所晃一圈的时候，你忽然上前两步，"喂、喂喂那个白衣服的"叫住了我。

你在我惊诧的目光中不好意思地挠了挠头："帮忙叫一下你同桌好吗？"

"哦。"

走廊里，关羽熙和我，你和你的小团体各站一边，神情严肃的你言我语了好一会儿，我才了解到不久前，你们中有人情陷我的关羽熙并献上求爱信一封，无奈情书迟迟不见回复，此人便在狐朋狗友的怂恿下，组好小队壮够胆，浩浩荡荡前来问其到底什么想法。

这世间总有这样傻不啦唧的小少年，明知道写信不回便全等于没戏，非要不顾一切的刨根究底，不给对方和自己纯真的心一丝回转余地。

关羽熙也像每个尚未遇到心上人的小少女一样，挥舞着老旧得掉渣的挡箭牌，义正辞严阐述着当前学习的重要性、时间的紧迫性，以及考虑谈恋爱的零可能性。

"谈恋爱是否妨碍学习"、"青春无爱不完整"之流的辩论主题在一帮男生与关羽熙间激烈地展开，你打了一个哈欠，自始至终不说话，看起来有一点点百无聊赖。

我也学着佯装百无聊赖，却一不小心撞上你正飘来飘去的目光，连忙急急转开。

又觉得着实不自然不优雅，赶紧盘算起至少应该笑一下露个酒窝什么的，我努力回想着电影和海报里的倾城笑靥，还把头扭到你看不到的角度练习了几次。

可是直到上课铃响，你都极不配合地再没看过来。

四

日子越过越快，下学期，文理分科的前奏奏响，铺天盖地的试卷和题集飞速淹没了关羽熙的小插曲，她不再记得，对方也极力撇清掩盖着这段有失颜面的过往，倒是你，在那一次照面之后，开始认得出我来。

路上遇见了目光撞上了你会冲我微微一笑一点头，小卖部拥挤的时候见到会说"我帮你带"然后兀自挤到前面去，食堂排队刚巧站在一起了，还能有一搭没一搭地聊上几句。

微笑后便继续各走各的路，店门外递来零钱和食物后也没有出现过多"谢谢"、"不用"之类的对白，食堂的聊天也总是刚买到饭就以"那我先走了哦"、"好的"收场。

这些恰到好处的交集使心脏像一个注满了水的气球，荡漾膨胀，酸酸甜甜又轻轻痒痒。

五

呐，你一辈子都不会知道的，在16岁在这样大脑缺氧的状态下，我做了一件事。

一件我之后的人生再也不可能做出的，大胆到雷人的事。

是篮球联赛的小组赛，关注的人很多，男男女女里三层外三层，我终于可以大着胆子混迹其中，站在距你最近的边线上看你打球。

叫好和掌声不断，战况亦随之愈演愈烈，你来来回回跑得周身透湿并且通红，你看起来有些累了，弯下腰把手撑在膝上久久不起来，只用一双乌黑的眼睛警惕地盯着暗红色跃动的篮球。隔着五步不到的距离，我能清晰地看到淌泄在你脸上的汗滴，它们在你趁着空挡儿抽出一瓶矿泉水的时候，你推我搡地排成一条细长晶莹的线，追着赶着滑过你的轮廓，吧嗒吧嗒打在地上。

突兀的喉结节奏分明地上上下下，你仰头一口气喝去小半瓶，匆匆拧盖想把它扔到球架边，却在看到上面横七竖八一模一样的塑料瓶后犹豫了，于是你抬头四下望了望，把目光停在了不远处的我身上。

心脏上像生了一株藤蔓，吸附在所有腔室中央蔓延疯长，拴捆住神经末梢，遮蔽掉所有与你无关的光线与声音。你上前来，全世界都是一片铺天盖地的绿。

我忽然想起曾嘲笑了很久的非主流签名：你看我一眼，我就死了；你再看我一眼，我又活了。我觉得真不可思议。

"呃，"你顿了一下，伸出拿着矿泉水瓶的右手，"帮我拿下好不？谢了。"

我手忙脚乱地接过，还来不及"哦"一声，你已如离弦箭一般飞去了对面半场。

瓶壁上，未干的水和着你的余温自肌肤传递过来，嘣哒嘣哒，一下一下融进我的心跳。

我竟然，我竟然正握着属于你的东西。

心咚咚直响，我定了定神，在一个大胆的决定之后，转过身若其事地挤出人群。

我越走越快，终于控制不住奔跑起来，跑到小卖部迅速买下一瓶同等模样的矿泉水拧盖就喝，一连呛了好几次，才把水平线喝到与你的水分毫不差的位置。

现在，躲在隐蔽的小角落，我手上有两瓶矿泉水，它们看起来像极了，我把你的那份小心翼翼藏在角落里最安全隐蔽的地方，又巡视两遍之后，才拿着新买的若无其事地回到有你的篮球场。

你一被换下场便小步朝我跑来了，虽然四肢僵硬，我仍旧很配合地举手递上矿泉水，你接过时哑着嗓子说了声谢谢，然后仰头迫不及待地大喝起来。

水声咕咚咕咚的，我通红着脸，忍不住羞涩紧张又欢喜地，很想很想哭。

六

那个矿泉水瓶成了我的宝物。

把它藏在抽屉里，无论拿什么书本试卷笔记都能在开盖的一瞬看上几眼，高二分科后压力大到受不了了，只要摸一摸我的矿泉水瓶，想一想这些都是你曾经历过的，胸口生了一块沉积岩的感觉便如被水兵火星贴了符的恶灵般，哗啦啦一下子退散殆尽。

你高三，虽然连上放学时间都不一样，我们还是会在食堂或者小卖部的路上偶尔遇到，你朝我微笑，我却因为生怕会泄露什么天大的秘密，每一次都早早把目光扭开，自顾自抬头挺胸踢正步，碰巧和朋友边走边聊的时候，就故意把声音放很大，嚣张欢快地与你擦肩而过，无论如何都绝不看你一眼。

只在教室里握着个空矿泉水瓶傻笑，谁都不能像我一样，透过透明瓶壁看到一个活灵活现的，对着我笑的你。

卷子越积越多，矿泉水瓶好几次都被挤出了抽屉，我花了整节自习小心翼翼把它粘在屉壁上，然后没多久你的圣战就来临了。

我放假两天，再回来，你连同整栋高三楼已经空空如也。

我在考试折草稿纸的罅隙想起也许再也不会看见你，心忽然空得像对面你呆过一整年的楼。

七

体育课。

自由活动永远全等于漫无目的地闲逛校园，晃过高三楼的时候，我发现大门竟然是虚掩的。

一时间，我连耳膜都被心跳震得生疼，再三确定了四下无人后，我眼一闭腿一蹬，佯装闲逛直奔高三（4）班教室。

我还是在去年篮球赛时，从围着你的女生们震耳欲聋的"四班，加油"里知道你在四班的，我仿佛还趴在课桌上为刚刚得知了这个满心窃喜地写日记，晃神间人已站在你日日看，看了整整一年的空讲台上，反复核对姓名表确定你的座位。

教室里乱糟糟的，揉成一团或者缺掉一半的试卷，吃剩的零食袋饮料罐四处散落，桌椅摆放得歪七八扭，浓郁的狂欢过后的痕迹上，铺了一层细小单薄的茸，下午两点来不及散尽的阳光斜洒在上面，恍惚中让人仿佛置身于中世纪败落废弃的辉煌古堡。

轻轻地迈一步，陡然起飞的微尘全都清晰可见。

酸奶味的馨香在掀开你屉子的刹那间扑鼻而来，我把额抵在撑着屉盖的手上，细致而贪婪地凝视你摆放整齐的课本试卷，以及几支还没用完的笔。

心跳兀地顿住，我拿开覆盖住只露出轮廓的物体的卷子，震惊得忘尽了呼吸的方法。

你的抽屉里，竟然也有一个矿泉水瓶。

和我曾帮你拿过，现在安然躺在我抽屉里的，以及我那时掉包还给你的，一模一样的矿泉水瓶。

仅仅是一模一样吗？

或者……根本就是同一个呢。

漫天思绪蜂拥涌进脑海，争先恐后地疯狂叫嚣，全世界都在轰隆作响。

如果，如果你像我珍藏你的矿泉水瓶一样，保留着我为你拿过矿泉水瓶，如果这一切是真的话，我为什么不能抓住这最后的时光，用我们之间的秘密信物让你懂我呢？

为什么不呢？

跑回教室小心又急切地撕开把矿泉水瓶粘在屉壁上的透明胶，再回来目的明确地认真研究你的抽屉后，我选好最美最显眼的位置角度，将它同你的矿泉水瓶一起在里面摆好。

现在是六月十七日，我知道毕业生会在六月二十八日返校照相拿证，你会最后一次坐回这个座位，在打开桌盖之后得知一个隐匿许久的惊天秘密。

像现在的我一样。

再看一眼你抽屉里并肩齐躺的一对矿泉水瓶，我怦怦直跳的心顿时浸满了蜜。

八

6 月 28 日。

校园里吵闹的大批人群能将树间的鸣禽驱赶殆尽，却丝毫推迟不了下一站高三的我们的月考，我交卷下楼的时候，返校生已经散得差不多了，剩下几个忙着拆横幅的大学招生人员，和一些快活的拾垃圾者。

趁着稀稀疏疏还有人出入，我顺利混入高三楼，带着澎湃有如飞速旋转的拨浪鼓的小心脏和快要受不了的耳鸣，重新坐回你的桌前。

　　教室干净整洁多了，空气里弥散着灰尘和清水混合的味道，地上还残留了一点点湿拖把粗鲁的痕迹。你的抽屉里应该有一张写满你疑惑的，关于另一个矿泉水瓶来历的纸条；或者梦幻一点，你心有灵犀地一看就知道是我然后留下了 QQ 号码；再或者，你忙于写同学录不曾打开过桌盖……总之，我不是特别敢看。

　　我是被隔壁教室平均半分钟"咚"一下的巨响吓回神的，带着"大白天闹鬼"的恐惧寻声出门，看清了不过是拖着大麻袋的拾垃圾人，挨屉翻找后关桌盖声，我前脚吁下口气，后脚便猛然意识到什么，迅速奔回四班扯开你的桌盖。

　　果然，你的抽屉已经空空如也。

　　窗外走廊，拾垃圾人正拖着半满的大麻袋，快活地向楼梯间前行。此刻，在她布满了沧桑苦难的面庞上，所有的纹路一定都正争先恐后地欢快歌唱。

　　因为，在她正前往的十步之外的楼梯间里，有她从校园各个角落和脏乱教室里淘出的，足以堆成小山的许许多多矿泉水瓶。

　　它们和十一天前我带着所有紧张、甜蜜、酸涩、窃喜、期待以及一切难以描述的小心情，摆进你抽屉的一双矿泉水瓶一样，卖掉的话一个六分钱。

　　而这一双装载了多么沉重感情的、被我叫做"秘密信物"的透明瓶子，也许就在那里面，也许已经被你带回家永久珍藏。

　　我不知道。

　　只知道你曾在我心里至高至纯至美的位置轻轻浅浅地踱步，只知道你牵动过我所有甜蜜的酸涩的触感，只知道这一季之后，我将带着又长大一岁的自己，继续走我该走的路。

　　我喜欢你，就像得了一场流感一样，遏止不住身体里病毒的蔓延，可最终一定会痊愈健康，从而更加坚强。

作者简介
FEIYANG

另维，真名温暖，女，生于 1992 年 3 月 29 日，现居美国华盛顿西雅图，freshman，写手，杂志编辑，兼职平模，腾讯 NBA 直播员。曾在《中国校园文学》《萌芽》《最女生》《花火》等刊物发表文章，已出版《美丽时光走丢了》。(获第十二届新概念作文大赛二等奖，第十三届新概念作文大赛二等奖)

第 2 章

浅绿色的空白

这个世界上有一些人是你曾经邂逅过的，却没有在脑
海中留下一个印象，或者留了却被遗忘的海浪冲刷进
浩瀚无边的记忆里

凤眼 ◎文/王天宁

　　眼下甲生所能回忆起来的场景，宛如一部绵延不断的连环画，眼前的老人是实打实的女主角。

　　而男主角呢？说爷爷也可，说父亲也可，既连自己，也有足够的资格在里面掺乎一脚，自己是一项重要的配角，没有自己不行，故事连不成故事了。

　　若说老人的前半生是简洁晓畅的素描，经历的三年自然灾害，只是作者分心时潦草画笔的厚重一笔；老人后来的几十年，却是大泼墨大写意的中国山水画，每一笔都极具匠心，将色彩发挥到极致。

　　先是多年前因为家境贫寒，爷爷的肺病久治不愈终病变成癌。

　　他去世的那晚甲生在场，爷爷激烈的仿佛要把残破的肺咳爆的咳嗽声给他留下了深重的阴影，他闭眼前咳出的那摊血正正好好落在甲生的心上——从此他作画总是慎重地避开绛红色，唯恐触及心中说不上惊骇还是悲痛的回忆。而老人的悲痛更甚于甲生，这谁都能看出来，她在爷爷去世后的几年里整个人眼瞧着衰弱、苍老，时常在晴好的天坐在太阳地里缩成小小的一团。

　　后来父亲炒股失败，工厂倒闭。她的另一半天在父亲夜夜不眠不休的自怨自艾和满地灰色的烟蒂中迅速土崩瓦解。这样的日子一直到学习成绩向来不怎么样的甲生执起画笔才开始出现转机——至少甲生自己这样笃定地相信。家中的条件如甲生逃课学来的水粉一般，愈来愈朝多姿多彩的方向发展。

想来这时该给老人晦暗的生活增添一笔阳光的暖色调，老人却得了病。这病来得突然，晨起后她在儿媳妇的侍候下穿好鞋袜，整个人披散着满头白发来到热气腾腾的饭桌前，这让甲生三口错愕不已。老人爱美，平日头发打理得服服帖帖，一天换一副耳环一周不见重样。

她愣愣地盯着饭桌，不理睬儿子儿媳不断叫她坐下来吃早餐的招呼。整个人前倾身体，蹒跚着小脚满屋子走了一趟，中间停下来在壁橱中拨翻了几处。

"奶奶您找什么呢？"甲生把咸菜夹进嘴里，问。

"我的凤眼呢，"老人重在饭桌前停住，"给我凤眼，我要吃凤眼。"越说越快，越说越急，嘴中不断重复地只有这几个字。

"妈妈，您怎么了，妈！"父母放下碗，急切地迎上去。

甲生抬起头，在老人慌张抗拒急切的眼神里发现什么，焕然大悟。悟出来后便觉得这屋子的边边角角暗了下去，如同一幅画跌了一个色阶。

奶奶糊涂了。

甲生揉揉眼睛，给画上老人密密匝匝的皱纹添上阴影，整幅画厚实地宛如有了重量。坐远一点观赏，画上的老人和坐在面前的老人隐约重叠在一起。

他可以肯定，这是一幅好画。不仅因为他的画技越来越纯熟，奶奶这模特当得也够格，她在甲生的叮嘱下，半个多小时几乎一动不动，苍白的头发随着她的呼吸在头顶一颤一颤的。

她这样的年纪，头脑又不清楚，几乎是没有知觉的假人，听凭孙子对她的安排。"哎，您别动奶奶，马上给您画好。"方才老人端坐在沙发上，四肢僵硬得很，方想用手抓痒，就听眼尖的甲生急切地吆喝。她不抓了，她忍着身上的痒好久，眯起昏花的眼看男孩子拿着笔在画纸上抹来抹去。这样的场景有些滑稽，老人不知道发生了什么，隐约记得男孩告诉她过会她就会出现在画纸上。

男孩子不知用什么颜料调和成乳白色，黏稠的，沾了满笔一下一下往画纸上抹。那一抹白色带着老人的眼球上蹿下跳，她察觉喉咙咕噜作响，痒得紧。"凤眼。"她憋着嗓子轻轻念了一声，男孩子正专注，眼神分寸不离开画纸。

她馋了。她几乎要流口水了。她打心里明白，自己年轻时谁都吃，谁都有，就她没有。如今她疯魔了一般，满心想的只有那个凤眼。

后来啊，后来，她的眼前黑一阵白一阵，她几乎不认得那个全神贯注的男孩子了。她闭起眼睛，重重叠叠的光影冲进来，混在一起，一抹白，一抹白，还是一抹白。老人发觉自己格外放松，格外安逸。

老人再次睁开眼看见甲生时，男孩子正举着一副画像在她面前，"奶奶，奶奶，"他兴奋地喊，"您看看，我画的，像不像您？"

她被男孩子吵醒，画像在眼前摇来摆去。她凝神瞧了一会，看不出里面的人是谁。"谁……谁啊？"她嘟囔着问男孩子。

"就是您，奶奶，就是您。"他的兴奋劲儿还没消下去。

"哦……"她缓缓应着，气息慢慢低下去。男孩子瞪大眼睛，整张脸也随老人的气息沉下去。此时老人蓦地起身，慢慢挪着步子往屋外走。

"您到哪去，奶奶？"甲生粗起嗓子喊。

"甲生快放学回来了，我给他做饭去。"老人苍老的声音从屋外传进来。

甲生立在原地，把画紧紧攥在手里。

"说起来啊，我妈年轻时也是十里八乡出名的美人。要不，我爹那么优秀的条件，能追求我妈吗？"父亲在饭桌上用筷子敲着饭碟，嘴里说个没完。

母亲起身给眼神呆滞的奶奶盛饭，抿嘴含笑。给奶奶归置好，才悠悠地答话："你呀，当妈的漂亮，你这儿子脸上也有光。"

"那是。"父亲仰头吞下一口小酒，用手背擦擦额头，脸上果真油光可鉴，在灯下泛着光，像被狠狠涂了一层什么。

甲生咬着筷子，在父亲光滑的脸颊上彷佛过电一样看出一幕幕场景。

老人生为江南女子，由内而外散发出一种温文尔雅的气质。这气质似乎与书和水有关，同平庸女孩通过涂抹厚厚的脂粉修饰出来漂亮脸蛋给人的感受是迥乎不同的，这气质如血液，渗透在骨髓里，无法从身上剥离。想来那时在国民党当差的爷爷就是被这种特殊气质吸引的。

那是个黄昏，浪漫的场景只有黄昏最合衬。爷爷骑着不算高的马途径溪旁，远远望见在平坦的岩石上用棒槌敲打衣服的奶奶。春天，水有些凉，她的一双手在风中被吹得通红。

爷爷从马上下来，眼睛盯在她通红的手上，挪不开了。

后来他可能说了好听的话，做了让人感动的事，总之他把奶奶的这双手捂暖了，紧紧抱在怀里，几十年也没有放开。

细节甲生就不想了，想想觉得害羞。这毕竟是长辈们的旧事了。即使战事结束后国民党逃到台湾，爷爷这样的小官在当地极不招待见。日子实在过不下去，就带奶奶回老家务农。长年的劳作让奶奶变得苍老，跟明眸善睐不再搭界，她爱打扮，却没有好的衣服和有价值的首饰；然而即使穿着布衣，她身上那股气质，带给人的感情色彩类似不怒自威，几十年如一日地笼罩在她身上。

"清水出芙蓉，天然去雕饰。"甲生那次犯困的时候，迷迷糊糊地听到语文老师念这句话，恍然觉得这就是为奶奶写的，因此那节课听得前所未有的认真。

　　约摸十年前《还珠格格》正热播，甲生清早被奶奶叫醒后，两只睡得迷迷糊糊的小眼睛一眨不眨地盯着十四寸的电视机，瞧着没心没肺的小燕子翻墙走壁、嘀咕些颠三倒四的话，他觉得好玩，赤着上身笑得整张床拼命颤抖，无论穿衣、吃早晨都极不配合，彷佛魂灵都被大眼睛的小燕子勾走了。

　　奶奶急了，用窄瘦的上身挡住电视机，"我年轻的时候啊，化化妆不比那个小燕子差。"她用手戳了两下电视屏幕，"你啊，老老实实穿衣吃饭，就别看什么小燕了，看奶奶吧。"

　　甲生抬起头，看了看她。盯着她的眼睛使劲发了一会儿呆，然后在父母惊诧的目光下，乖乖抓来衣服，套在头上。

　　其实她的眼神是温柔的，如今想来似乎是慈爱的。他往里看，能看到老些东西。那几乎代表一种无形的压迫力，既连现在，甲生仍觉得，除了遵从老人的话再无其他选择。

　　甲生愣了半天，直到父亲有些不耐地敲他的碗，才一个激灵从回忆里拔出来。

　　"快点吃，"父亲不悦地皱起眉头，"吃个饭都能发呆，我可算知道你上课是怎么上的了。"

　　甲生要辩解，嘴一张开便被母亲从桌下拉住手。

　　"钱甲生，"父亲接着说，"吃完饭，你给我回房老老实实看书做作业去，别老想着画画。挺大个人了，你现实一点好不好。这个时代啊，养活不了艺术家。我们钱家祖祖辈辈没出个搞什么所谓艺术的，你啊，也别搞什么特殊了，你瞧自己的资质，也特殊不起来。好好学习，上个好大学，比什么都重要。"

　　甲生不言语，这番话他早就听腻歪了。他想画，他觉得无论发生什么，无论家人支持与否他都要画。他是钱甲生，不是别人，他是为自己活的。

其实自始至终他都有一点希冀，这希冀不是别的，是他的梦想。它如此强烈，以至于时刻都有一把小火苗在心底噌噌地燃烧着。他甚至有些打趣地想，自己对画画的渴望与奶奶对凤眼的渴望是如出一辙的吧——虽然至今他都不知道凤眼究竟是个什么东西。

"奶奶想吃凤眼，很想吃。"他轻声嘀咕了一句，瞥一下双眼正直直面向饭桌、为防止弄脏衣服、颈间系着围嘴的老人。

"什么？"父亲问，"钱甲生你大声一点，你要对我有意见你可以提，你大声一点，男孩子别瞎嘀咕，会让人笑话的。"

"我说，"甲生气沉丹田，"奶奶想吃凤眼，很想吃。"

这一句几乎是吼出来的。

他把碗推开，起身离开饭桌。"我也一样。"他接着刚才的句儿，又说，故意让爸妈听见。

他们面面相觑。

他们听见了，没听懂。

甲生觉得，这堆书本对他没什么意义。有什么意义呢？发下来大半学期了，它们几乎还是崭新的，即使不包书皮，边角也不起丝毫皱褶。同样，书本里的内容也干干净净，不见在字行下留下一点痕迹。

他只是有点固执地坚信，每一本书都是一件艺术品，任何对它们最原始的、不带任何美感的处理，都是强加在这件艺术品上的瑕疵。日久瑕疵多了，艺术品不叫艺术品了，叫废物。

画画也是如此。

每一张画他都精心对待，半点马虎都是对自己的不尊重。自始至终，只有当他的右手抓住画笔并在画纸上舞动时，他才感觉自己的心灵找到了真正的归宿。

他从抽屉深处翻出旧画笔，把书本推到一旁，没有画纸没有颜料也在桌面上工工整整的画起来。

其实心里什么都有。

恍然间他听到脚步声，一下一下，最后在他的房门前停住了。甲生慌忙把画笔塞进抽屉中。果然是父亲例行检查。他见甲生手里捧着书，顿时眉开眼笑。折身出门捧了一杯水进来，放在甲生的左手旁。

"累了就歇歇，"他笑，"好小子，你将来会出息你信不？咱们钱家出来的人都是撑门户的。"

"爸爸，"甲生放下杯子。"凤眼到底是什么东西？"

"这我哪知道，"父亲边说边往后退，"好好学习，奶奶糊涂了，那都是胡话，不能当真的。"

"可是，我们要问清了啊，爸爸。"甲生有些急切，"你要多关心奶奶啊。"

"她是我妈我不关心她关心谁？"父亲一挥手，"行了别想别的，赶紧学习。"说罢退出书房。

"哎，你晓得什么是凤眼吗？"专业课上，甲生问身边正在画画的同学。

"只听说过龙眼。"对方不解，"听起来像水果名。有什么特征？"他接着问。

甲生想起昨晚自己也问过同样的问题给老人。她说不清，甲生也听不懂。自她糊涂后，甲生就要求和奶奶睡在一起。甲生有时候想，老人真像个大婴儿，须人照顾，睡着时气息格外安静。这样真好，活了几十年又活了回去，从前的那些苦恼啊烦怨啊可以统统不作数。

"是我奶奶要吃的，"甲生解释说，"她说是什么妃子吃的。"

对方沉思片刻，做出恍然大悟的神情，眼睛瞪得溜圆，低声念道："一骑红尘妃子笑，无人知是荔枝来。"

"是荔枝。"他格外笃定地对甲生说。

"可是凤眼……"甲生犹豫。

"这样，"男生不停下手里的画，"放学后去买一袋荔枝，给老人带回去。给她吃，问问她要的是不是这个。"

对方不再做声，注意力重又转移到自己的画上。

甲生看看自己沾满乱七八糟的颜料的手背，心里像被火舌包围一般。

初夏时荔枝已上市，甲生拖着长长的塑料袋子，奔跑时敲打他的小腿肚。

打开家门后满头满脸的汗顾不上擦，冲里屋朗声喊道："凤眼来了，凤眼买来了。"

父母搀着奶奶走出来，脸上既有不惑又有兴奋，一看满兜荔枝，两人立马傻了眼。唯有老人，浑浊的双眼在那一刻猛然变得清亮，目光凝结成一束，像阳光一样从眼球深处迸射出来。

甲生给老人剥好，放进她嘴里。老人满是皱纹的双眼紧闭在一起，牙齿早已掉光的嘴缓慢蠕动着，喉咙一颤，叹息道："凤眼，凤眼……"

父亲猛然一拍脑门，"哎呀，我爹年轻时管给我妈带的荔枝叫凤眼。这凤眼啊，和龙眼是相对的。我妈那时候舍不得吃，让我和我爹吃了。那时候条件困难啊。哎，好小子，你，你是怎么想到的？"

甲生搀过奶奶，"因为我关心她。"

父亲哽住，一下子说不出话来。

母亲在近旁轻声说："老太太不容易啊，只有老了、糊涂了才知道自己最想要什么。"

甲生搀着老人走到阳台上，刚下过雨，天空明净。天空瓦蓝瓦蓝的，太阳沉在最西边，把天空一角染得金黄一片。

"奶奶，其实我现在就是到自己最想要什么。所以我不要等，我以后不想留遗憾。"甲生靠在老人肩上，一如年少时甘愿被那双目光制服。他忽然心肠柔软的，想要回到小时候。

"甲生快回来了吧。"老人忽然说，"走，给他做饭去，我的甲生要回来了。"

甲生笑，紧紧搂住老人。"奶奶，甲生放学了，早回来了。"

可不是吗，这么多年他一直在尝试，用画笔给自己铺一条五彩斑斓的路。甭管家人是否支持，是否欣赏，他一心要走这条路。

其实心里什么都有。

他踏上去了，就从没想过回头。

作者简介
FEIYANG

  王天宁，1993年生，在《中国校园文学》《儿童文学》等发表文章。爱好写小说、听歌、睡觉，喜欢的现代作家是余华、刘震云。（获第十一届新概念作文大赛二等奖，第十三届新概念作文大赛二等奖）

浅绿色的空白 ◎文/尾葵

上篇

无色青春，似是深刻走过的一段岁月。直到高考结束后才发觉如梦大醒，似真似假，似有似无。回忆当年，我们都是穿着雪白的校服在学校漫步的纯净赤裸的孩子。

一

九月一号开学前一天，我双手拖着厚重的被单就往学校宿舍走去，妈妈被门卫拦在校门口进不来。这个夏天简单而炎热，我背后的校服被汗水浸湿得粘在了身上，我不舒服地拉了拉那件褶皱的校服，另一只手力所不能及，被单掉落了一地。我那颗简单的心一下子布满了复杂的愤怒。

不知道这么一摔会不会把尘埃都弄到被单上去？我边胡乱地揽起它们边郁闷地思考，宿舍老师询问我要不要帮忙，那时的她显得特别温柔和亲切。我对着她微笑，然后说不用。她叫我停住脚步，宿舍门口有高二的分班结果。

于是我歪歪斜斜地抱着被单走到门口的公告栏，寻找我的名字。毫无意外，是普通班。我平静地点了点头，然后抱着被单轻轻地离开了。

这个夏天，我高二了。

我扔了那件有点微黄的校服白衬衫，买了一件新的。雪白的白衬衫挂在阳台上显得特别的耀眼，我光荣地抬头望着衣服，手中拿着那根晾衣棍，显得格外的悠闲。提前一天来宿舍准备还是蛮不错的。

其中一个新室友也回来了，这令我惊讶。只见她一进来放下行李就到阳台跟我打招呼，是一个很活泼的女生。毫无预感，她竟然擒住我的双手就开始搔痒痒，我呵笑着，然后尖叫，我告诉她我真的很怕痒，想不到她竟然变本加厉。玩得喘气两个人累倒在她的床上，木架床上只有几块木板，她也没有来得及铺床，所以弄得我们背后都疼，我们相视一眼都笑了。

躺在床上，看到的是上床的床板，还能透光，我指着那条显眼的缝隙对着她说："瞧，学校可真吝啬，缝隙大得可以摔人下来了。"她也加倍地愤愤不平。我说话的时候她都会看着我的眼睛，她的眼睛很纯净，绝对没有远在地中海岸边的马尔蒂尼那种忧郁的目光。

我告诉她，我叫做宋浅朝，以前住在 301 宿舍，高一（9）班的。她笑着用食指勾了勾我的鼻尖，然后亲切地问我："九班我常去，怎么从来都没有听说过你？"

我就是这么一个平凡的人。

那个黄昏，我跟她一起到学校旁的兰州拉面吃晚餐，面馆里弥漫着一股浓烈的辣椒味道，但是我的目光会注意洗过头那湿哒哒的她，她身上蔓延出一种果萃的香味，比香薰浓郁的幽香清淡许多，但又能盖过辣椒油的刺鼻味道。也许她是一个真正有气质的人。

吃过饭的我们抱着一瓶珍珠奶茶就回宿舍了，我躲在上床看书。而她则在下面读新班同学的名字，偶尔念道一两个认识的同学，她都惊喜地感谢上帝几句，尤其是与她在同一个重点班掉下来的苏语。听到苏语的名字时，我的心颤抖了一下。

十点半规定关灯时间到时，宿舍里一片漆黑。我开启了特地带过来的小台灯，把被子和枕头叠在一起变成了我的书桌。戴上了耳机听电台，拿起笔开始在我的笔记本上写：

> 立秋已经过去，但是这个城市依然十分炎热，让我不禁以为还停留在夏天。今天认识了一个女孩叫做叶清新，真的特别清新的一个女孩。还听见了你，苏语……

拘谨了大概一个星期，大家都熟识了。睡眠族和手机族也暴起，任课老师的火眼金睛睁得也特别大。我的座位在叶清新的前面，她时常会用笔戳一戳我的后背，给我递过来笔记本，上面只是一段话。常是"浅朝，你瞧老师裤链没拉"这样的雷人话。这时我会一直低着头不敢看向前，恐防看见什么不该看的东西。嘴里念着"色即是空空即是色"。

我就这么被任课老师抓了，他和蔼地告诉我下课去找他。我朝叶清新瞪了一眼，抬头听课。眼睛不由自主地游走到了他的裤链上，果真如此。我慌忙地转开了视线，正好对上了苏语鄙视我的目光，他朝老师咳嗽了两声，然后告诉他老人家他掉钱了。

我的脸火辣辣的，羞愧的红晕蔓延到我脸上，我想要解释些什么，可又怕越抹越黑，仿佛我能听见苏语心里骂我的声音：宋浅朝，你竟然是这种人……

下课铃一打响，我就往叶清新桌子上扔笔记本："你莫名其妙给我写这个干吗！"她看了脸红的我一眼，大笑了起来。

这时，苏语走过我们的桌前，我拉住了他的衣袖。我奋力地想要解释些什么，可是却一直说不出口。苏语低头看着他的衣袖被我的手抓起的纹路，我立刻缩回了手像羞答答的含羞草一般。

叶清新无奈地拍了苏语一下："我说苏语，你也知道，那种东西很正常。"她向他挑了挑眉毛。

我气得快要涨红了脸，恨不得把那个胡说的死丫头像蝼蚁般捏死。苏语一副"我没意见"的脸色就走了，过去跟他的兄弟们讨论假期结束的世界杯。他很喜欢足球，最喜欢的球员是卡卡，最爱在夏天下细雨的时候踢球，这些我一直都知道。

我很静静地一直注意一个人，从去年的秋分到至今。

每个人的生命中都拥有被自己定义为最美好的几秒钟。城市里的地铁站很拥挤，总共有五条线。而我第一次看见他不是在学校，是靠近学校的一个地铁站。我在站里静静地等列车，列车到站开门的时候，我看见了他。

他倔强地将妇人身上的书包拉了下来，单肩背在自己的身上然后拉住妇人出站了。我不经意地从他的身边走过，他的背包很轻微地擦到我的衣衫，撩起了我的目光。自从那之后我再次看见他是在学校的足球场上，红色的球衣把场外路过的人的目光都吸引住了，锁在他的身上。我认出了他。经过打听，原来是二班的苏语。

我依然相信这个世界上有一些人是你曾经邂逅过的，但是却没有在脑海中留下一个印象，或者留了，但是被遗忘的海浪冲刷进入浩瀚无边的记忆的海里，粉身碎骨。

晚自习下课后的操场是聒噪的。一群寂寞的住宿生在此谈笑风生，几对小情侣们在这里偷偷地牵扯着对方的手，还会听见甜蜜笑声。秋季的月色撩人，月亮是一名妖艳的舞女，被纱似的白雾隐隐约约地遮掩着身体，给人一种迷幻的美感；夜空的黑特别迷醉人，远赴看跳舞的星星都像一群醉生梦死的醉客，渴望靠近那妖女。

我独自一个人围绕着操场散步，拿着手机上网。手机那微弱的光映在我的脸上，不知此时的我能否与香港剧里的绿光女鬼媲美？操场此时是一个漫无边际的草原，我们在上面奔跑着，欢笑着，我们释放自己的全部，捧着那仅有的自由，强烈地深呼吸。我似乎能感觉到，压力的蠕动，细微的动作，它从我的身体里慢慢地跑了出来，还有我的孤独感和卑微感，也在这个广大的"草原"上体现得淋漓尽致。青春常常不经意地从我们身上流走，而在这里，青春是奔跑的，是环绕的。

走着我就跑了起来，灯光下的操场我谁都看不见。我只能微弱地看到前方漆黑的道路，胡乱地向前面跑着，有时候停下来喘口气，有时候忘记所有地加速。

这一年被假扮成夏天的秋天比任何一年都要特别与温柔，宿舍前一地雏菊还将芬芳变成了一段段奇妙的音乐送走了秋天。这个像白色梦田似的季节，蛊惑人地到来，又轻轻地走了。我的灵魂脱去一件孩子的衣服。

十七岁的我被校园和秋季溺爱得像一个孩子。

冬季第一天，我穿上了礼服迎接升旗仪式。礼服是白衬衣加上格子粗布裙，裙子长得过了膝盖。以前的同学还一直抱怨，校裙做得像是民国时代扎着马尾的女学生穿的。现在想起我还会笑着，这时一阵北风路过，它刮伤了我的脚，狠狠地吹起了裙摆，柔软的裙摆打在我的腿上，我闭上眼，感受着这一冬日的特别。

叶清新在后面拍我的肩膀，小声地提醒我别睡觉，否则被主任抓到就不好了。被误会了，呵。我抬起头，看着升旗手把红色的国旗往上升，北风还调皮地吹起了国旗的裙摆，裙摆红得格外夺目，这短暂的美无疑给了我一个洁净的早晨。

仪式过后女生厕所就塞满了换衣服的人，大家都把裙子换成了运动裤，整个过程像一个过渡。我懒得换下格子裙，坐在课室里看苏语抄题，物理老师让他的科代表帮忙抄下我们即将小考的题目。苏语的字很清晰，图画得十分标准。看起来很舒服。我想他能顺便往下解题，不用思考就往下写答案，他是如此地精通物理。

女生们都陆续从厕所回来，一坐下来就开始奋笔疾书。我始终没有拿出练习本抄题，傻傻地托着下巴安逸地看着苏语抄题，物理老师走到我的桌前停住了，骂了我一句："发什么呆。还不快做！"我慢条斯理地拿出了笔记本，抄了两道题对着他说："老师，我真的不会做。"我知道这样子的话，听的人，说的人都会很灰心。

这次小考一定要完蛋了。

第三节课了，我仍没有换下我的格子裙，我心情不好地趴在桌子上不言不语。叶清新帮我把水瓶拿出去换了几回热水，她蹲下来问趴着发呆的我为什么不开心。我答了一句"没事"就把头趴在了手臂上睡觉。叶清新说，那时候的我特别像一个深蓝色的孩子，看起来特别的忧郁，让人担心。

成绩就像是细密的雨水，你把双手往窗外奋力地伸出去，就能够抓住滴落下来的许多。清新这样的形容对我来说太奢侈，令我内心动荡不安。我不敢跟她说得太多，那会使我觉得自己显得特别的悲哀。这就像我走过光荣榜时特地绕过一般。

考试是魔鬼，随时暴露你的赤裸。随时会把你光鲜的衣服狠狠地扒下，让你留下一片可耻。

中午放学时，苏语来找我说物理老师叫我去办公室一下。我泄气地站起来就往他办公室走。苏语一路跟着我，老师吼我的时候他就站在我的隔壁，我更落魄了。这是我第一次在苏语面前表现得不是不好意思，不是崇拜，而是失态。

那一笔笔红叉使我很灰心，其实老师他骂什么我也听进去不多，心里是满满的羞耻与责备。老师啊老师，我从来没有放弃过，可是坚持为什么只能是硬着头皮丢脸呢？我看着老师那一张一合的嘴，像是巨大的黑色旋涡，吞噬着外界游走的一切蜉蝣。还没当我发觉，眼泪就先知先觉地掉了下来。

冬日的寒冷显得特别的没用，没让我的眼泪凝结在眼眶里。我想冬季是孤独与悲伤的，它没有给我呵护的拥抱，没有温柔的吻，甚至连宿舍前的一片园子与草地，一朵盛开的花叶没有。

出办公室的时候苏语给我递过来一张纸巾，我拒绝了。我不想让自己显得懦弱无用。突然我们周围弥漫着一股尴尬的气息，他伸出的那只拿着纸巾的手无处可放置。我接过纸巾，把雪白的它摊开然后捂住了鼻子，深吸了一口气，对苏语说："奇怪，天气怎么突然变冷了那么多。"我很少这么近距离去接触苏语，其实他是一个很沉默的人，他只是静静地想，还有轻轻地做而已。

他陪我走了一段很短的路，然后我们各自去吃午餐。看见我有点眼红，叶清新咒骂了物理老师一顿，然后往我的盘子里扔了几块香菇鸡肉，我看着那块鸡肉，心里想起了"因祸得福"一次，没良心地看着它笑了。饭堂里的人看着那个哭过笑着的女生，都莫名其妙地看了一眼。

十二月下旬，奋力地念书提高成绩……

一月下旬，期末考试成绩有所提高，苏语的笔记和清新的补课果然有用。

而清新的母亲在她考试结束后就立刻拉着她赶忙回老家过年了。她连再见也来不及跟我说，我还欠她好几顿补课的肯德基。学校宿舍清场的那天，我在学校门口看见了苏语。他一只手拿着被套袋，另一只手捧着足球，穿着一双褐色的人字拖鞋显得十分悠闲。

我跑过去谢他借我他的笔记这事，他的笑很像春天开的梨花，雪白而独傲。我问他要不要约时间出来，我请你吃饭。苏语说并不需要，他根本就没帮过我什么。我放下要拿回家的行李，走到学校旁的7-11买了两瓶热饮。

可是当我回来的时候，他已经在学校门口的马路上，他把行李放进了车子的后尾箱，然后坐进了副驾驶座。我看着他离开的整个过程，也不知手中的这杯热饮已经凉了。

第一次，我觉得这个朋友是"只可远观而不可亵玩焉"的那种人。可能我们的相处最好的黄金距离就是我站在操场外的栏杆外，他在操场上奔跑踢球的那一段距离吧。

离开了学校门口回家，告别了，那些轻狂的夜，那些温暖的人，那些烦扰的书本和那些八卦的聊天。告别了，青春曾经停留过的一刻。

二

大年三十帮母亲打扫屋子，收拾衣柜的时候把原本叠好的校服又拿了出来，左比右比发觉自己长高了，袖子短了不少。在衣柜里放了一段日子，也有一股樟脑丸的味道，让人十分不适。可是依然有褶皱，是夏天捉弄我时特意弄的，本来想要用烫斗烫平，后来抱着衣服微笑，叠好，放好。

夜里，一个人在家里的阳台唱阿桑的《叶子》，不禁感叹又一年的飞逝，时光荏苒。我们的青春就像一个冰激凌，时间吧嗒吧嗒地舔掉了它们，使它们慢慢地变少，到了最后，时间把它们身上的那层包裹的皮啃掉了，青春就全部被吃掉了。

各处都灯火通明。我拿出手机翻开通信录，里面记了很多同学的名字，我一一给他们发短信，虽然是一样的内容，而是我却不愿意复制。我抬头看夜空，今夜看不到任何星星，而每年的这一天，月亮也羞涩得不愿出来见人。

突然觉得很感伤，于是把歌曲唱得很大声。此时不知道谁家阳台突然发出巨大的声响，然后就是接二连三的响声，我看着那漆黑的夜空上突然绽开了一朵惊艳的花，一时忘记了所有的话和时间。五彩缤纷的焰火占满了我所有的目光，我的眼眸里闪烁着光，无法躲避被吸引的光，此时又瞬间消逝。

夜空恢复荒芜与清凉，可是又有人不甘寂寞，继续燃放着焰火。我第一次在现实站着感觉自己在做梦，我想起了叶清新，用手机给她打了个电话。电话很快就被接通了。"清新，你知道吗？我第一次感觉自己在做梦，好美丽的焰火。"

"燃烧着的火温暖你的心，是吗？我最亲爱的浅朝。"清新文绉绉地说。我对她轻轻地"嗯"了一声，然后像一个孩子似的傻笑了起来，烟火下我在成长，又一年了。也许生活真的不需要一个手表，理解时间的存在，往往当你遇见深刻难忘的奇迹时。

这个夜晚，我想要拥抱着焰火，紧紧地燃烧我的生命。

这个夜晚，我想要跟我母亲坐在一起讲小时候的事情，或者谈谈未来的女婿。

这个夜晚，我想要独自一个人沉默。面对这眼前如此光景，使自己静下来，然后随着这个吵闹的夜一点点冷却，慢慢地使自己静下来。

这个夜晚，我允许自己给苏语打了个电话。苏语在我印象中总是把头发剪得清爽，穿起白衬衫和红色运动服都特别有感觉。我会像这样偶尔想起苏语的样子，然后甜甜地笑着。我喜欢远远地看着他。

当我听见苏语的声音时，身体又不自然地颤抖了一下。他的声音依旧熟悉，在我的耳中环绕，又盘旋，余音袅袅。听我几秒钟都在沉默当中，他疑惑地问我是谁。不知道是他那边还是我这边，鞭炮声特别地吵闹。

"宋浅朝？"他再次疑惑地问起，但是提到了我的名字。

阳台上呼啸着冷风好像变得亲和了，嘴角的弧度更深了，眼眸清澈地看着前方，是一片广阔的黑夜啊！是这熟悉的声音带来过去的回忆，或许还有一种生涩的情感。

"嗯。"我屏住了呼吸，宁静地等待他的回话，生怕错过了哪一个语气。

"有什么事吗？"他询问。

"嗯。"我肯定地回答。"苏语，我突然有一个很认真的梦想，我想要制造焰火。"

"有什么原因呢？"苏语饶有趣味地问我。

"黑暗中的光明，一瞬间的美好。"我向往地说着。电话在那边的苏语爽朗地笑了起来，喃喃地告诉我："不错啊，宋浅朝，这样子很适合你。真的。"也许他的话是巨大的恒温器，让我脸上的温度又升高了，像是被北风暧昧地吻了一下一般。黑夜的夜色像是有生命似的流泻下来成为了我们的背景色，美好的说话声正是故事最美丽的背景曲。

第一次我感觉梦想是如此美好，吸引。纵使我不顾一切地追求。焰火，美丽的焰火，梦幻的焰火！

假期的生活总是停滞的，每天重复着做同一件事情。冬天温度很低，我用棉被把自己裹得严严实实的，到中午也不离开被窝。作业接触得不多，一看到数学题就想把自己打晕过去，想自己多半是浮躁，就开电脑听歌。戴上耳机听着《水果篮子》里《空色》这首曲子，日文歌词我听不懂可是音乐却是很美妙，缓慢地喃喃唱着几段歌词。有很多时候，我会觉得青春很像这样的一首歌，听不懂，但又能环绕在耳中，轻轻地诉说着，慢慢地消逝，像是蜻蜓轻轻地点水，点起一片涟漪然后走飞走了；像是身边环绕着许多萤火虫，浅绿暗黄的光在夜空里隐隐约约地蠕动。

午后，我站在镜子的前，换了一身雪白的羊毛裙的我显得可爱。这让我想起了小时候，穿着裙子在家长面前撒娇，他们都会呵呵地笑我。我往脸上擦了一点雪花膏，奶奶总是说女孩子出去吹风，皮肤变干容易皲裂，我吓得躲在家里不敢出去，这时她就会拿出雪花膏往我红彤彤的脸上涂上一点。雪花膏有种莫名其妙的香味，我很喜欢。

出门的时候，母亲往我的脖子上围了条围巾，这是她亲手织的。即使是边看着肥皂剧边织围巾，她都能针针准确，针法十分强大。上年的夏天她还拿了很多十字绣给我试着玩，我一张图都没绣好。

在地铁站遇到一对母子，他们问我借路费。我随意地翻开钱包给他们递了张钱，他们接得十分地轻松。后来遇上了出站的表哥，他问我给谁钱。我告诉他那是借钱回家的。

他轻轻地敲了我的头一下，生气地说："摆明骗钱你还给他们！"他拉着我就到地铁总台说了一下情况，他说："告诉其他乘客吧，防止他们受骗呢。"工作人员告诉我们最近很多人都遇上这样的情况，看似越来越多了。表哥看着我那副不知悔改的表情十分地郁闷，加强了语气教育我。

"可能他们真的要回家呢。如果每个人都以为他们的是骗子而不帮忙的话，他们岂不是很无助？"后来表哥骂我愚蠢，一个人不可能这般向别人借钱的，没有提过会还，而且带着小朋友来骗人的更加可恨，更不应该让自己被骗钱。他说，我那时候也像你一样单纯，眼里看见的东西都是纯净的。我看见的天空，是纯净的天蓝色，白色的云朵无规律地飘移，像油画中的棉花糖；周围的空气也是清新的，没有任何的浑浊。

可是，他长大了。我说，我也长大了，我告诉表哥，我十七岁了，明年我就十八了，能高考了。他亲切地笑，然后抚摸我的头发。我们在地铁站里的椅子上聊了很久，过往很多人搭乘不同边的列车离去。我问表哥，他怎么回来了？不是去邻城发展去了吗？

他说他是回来拿大专毕业证书的，这么多年了，他终于毕业了。那时的他不爱学习，结果读了个中专就没有读了，找工作十分困难，无论姑父如何给他介绍工作，别人一看敲门砖太软就退了回来。在家里窝了几年就被姑父拉去上大专，现在都就业了才回来拿证书。

表哥瘦了不少，去邻城发展的事情刚开始家里吵得很厉害，姑姑不舍得儿子，骂他在这边发展有什么不好，硬要到邻城那穷乡去。表哥说，他十七岁的时候也有过想法，后来念了几年书，忽地一下就忘记了自己最初的想法了。

我很久没有见过他，心里的感觉很纯粹。我问他什么时候走，他说，新年过了，我也拿到证书了，这两天就回邻城。我握住表哥的手，然后紧紧地加大力气握住。

"我会想念你的，哥哥。"

"浅朝，一定要考一间好大学。"

"嗯，考一间好大学！"

想到上一年的春天，恍若隔世。充沛的雨水把它修饰得十分像一位脆弱而柔情的姑娘，这位姑娘坐在船头朝着对面的山头哼唱歌曲。而这一年的春天，像一阵橙色的风，它轻柔、慢条斯理地到来了，赶走了死赖着不走的冬天。它带来了橙色的气息，橙色的温柔，还有橙色的一片天地。

我感觉很温暖、舒服的春天。曾经，一位诗人帮一名瞎眼的乞丐改了一行字：春天来了，我什么都看不见。路人同情心大增。这是小学时代最深刻的语文记忆了。而春天来了，我依然对作业置之不理。我对开学有种莫名其妙地抗拒，高中，给我一种特别疲倦的感觉。

很累，很多人在往上爬，然后又掉下来，再次没心没肺地往上爬，有时候跌得很伤却不知道能跟谁说一句话。会莫名其妙地朝自己发脾气，莫名其妙觉得身边的同学逢场作戏，莫名其妙地觉得自己不见了一些东西而且再也找不回来了。

我把作业放置一边，一个人独自上了三楼置物房，还有两天就要回校了，心里对家还是恋恋不舍。置物房十分空缺，尘埃把窗户蒙上了一层薄纱，在墙壁的边上放着一台我多年没有用过的断了弦的吉他，我不知道自己有多久没有弹奏过它。我摸着那根弦，心里落下了满天的星星，那里依然是黑夜并没有明亮起来。

窗外，是另外一个世界。妈妈在门前扫地，奶奶和其他老人家在大榕树下晒太阳，来往车水马龙。春天，有一种橙色的理念，是一段漫长的前奏。我看着路边的枝头吐新芽，早开的花儿都幸福地迎接这橙色的春天。

叶清新给我打电话说，她已经回来了，让我去她家玩乐，顺便把寒假作业借她参考一下。我骂她一句然后告诉她我也懒得做了，不知道这句话被母亲和老师听见会不会骂我没有前途意识。我很喜欢在春天穿一身浅色的碎花裙，跑起来时裙裾飘起来，像正在开的花。

叶清新说我先快速地搞定，然后再帮我，我像听到恩公和蔼的声音一样得到了生存的希望。我从三楼抱着吉他就出去了，我到以前买吉他的乐器店修理，我说这吉他在这里买的，以前说保修三年的。我想老板大概还记得我，想不到服务员一脸巨黑，话语不像在春天说的，冰冷得让人心情立刻变差。

他告诉我，吉他不是在他的店买的，问我有无凭条。我一时不知道说什么好，他告诉我买一套弦自己回家换吧。我生气地提着吉他就走了，那时候我觉得自己特别有个性，因为我恨不得把他的店砸了。生气地走出了乐器店，半路竟然让我遇见了苏语。他骑着自行车停下来问我发生什么事情了，眼神盯着我那把坏吉他。看到他，我竟然有一瞬间失神。

"没，就是不会修它。准备拿回去扔了。"我郁闷地说。其实看见他心情已经变好了不少，可是语气还非常地不爽。只见苏语皱了皱眉头，然后把自行车往马路里边靠了靠，让我把吉他拿给他。他接过吉他后仔细看了两眼，对我说，"我会修。"苏语绝对是我的麦苗，他能够赤裸裸地从土地里钻出来，变成了嫩绿色的希望，翻滚墨绿色的波浪。他叫我在原地等一会儿，他到前方的模型店一趟。

遇见苏语，赶走了我的蓝色一天。空气又变成了橙色的，还带了一点草莓的香气。我并没有想过我竟然有机会来到苏语的家。他住在九楼，电梯上楼的时候我一层一层默默地数，苏语推着单车沉默地站在我的后面。我已经尽我所能地跟他说话，他都"嗯、啊、哦"地回答了，于是我不敢再说些什么。跟苏语站在一起有一个好处，就是不说话也不会尴尬。"浅朝。你也弹吉他？"他突然说，这时电梯门打开了。

"以前玩过，你会修吉他。你很喜欢玩？"我回答。只见他拿出钥匙开门，我看到他那修长的手指，一时醒觉了，他绝对是个搞乐器的。想不到苏语摇了摇头，然后把单车推了进家里，我跟在他的后面悄悄地进来他家。他家里很明亮，就像广告里拍摄的房子一般，阳台上种着不少植物，门边还有一大缸金鱼

他过来拿我手中的吉他，跟我说了句："进来坐吧。"然后他就拿着我的吉他进入了房间。他拿出了一套吉他弦到我的面前教我换，每

一步骤都格外地明了。我清晰地看着他，春天的里显得如云般舒服。他的每一句话带着春日的温柔。突然我又为自己这小小的心思而害怕，他给我递过来一杯奶茶，我看着玻璃杯中的绿色勺子，里面有茶叶在游走，它们正在互相追逐着，丝毫没有停下来的意思；我又看着他脸上闪烁让我眼疼的光，凝视了好久好久，似乎过了很久很久我也没有说一句话，他也没有理会我！夜幕降临的时候，他送我出了家门。

"苏语。"我突然叫住快要关上门的他，他又再次打开门问我怎么了。"你能不能借我作业？"我羞耻地问，手还不自然地放了身后，这时的我们像不像小学的玩伴？纯净得像我脸上的红晕。

"你真是个大懒虫啊！"他笑了，然后转身给我拿作业，还顺便给我拿了几本书，吩咐我快点看了。这时，从他家的阳台望天边的霞，像一抹姑娘脸上的红晕，羞涩得不像话。我把苏语的书捧在手心，俯下头去深深嗅闻，我这才发现，它们已经染上了他的清新。

苏语给我的书中有一本是《海子的诗》。第一页有他写的字：

关于梦想，我还是鼓起勇气追逐。

我知道很难，母亲依然逼着我学各种不喜欢的乐器，课业也慢慢地变得沉重，有时候觉得自己喘息不过来，就会到操场踢球。我想要报考足球学校，可是一切都这么难。时间、学习和人都强迫着我放弃足球，学校的场地已经不对高三的同学开放了。

难道梦想就这么糜烂？

我想要变成一名足球运动员！

下篇

第二年秋。秋天变凉了，落叶铺满一地显得格外地萧条与荒凉，周围有泥土那种浑浊的气息。我们从珠穆朗玛峰似的书堆里爬出来，不见天日已经多天了，茫茫人生如同荒野。原本两天的假期变成两个星期一天假，大家都累得像一张白纸随时会被风吹到不知哪里去。

一梦一年了，过得很快很平凡。自从上一个寒假后，我再也没有放过那么长的假。高二升高三的暑假补课补得昏天暗地，每天三点一线地生活。我们都是睡在书堆里的人，可是身上却无书香气息。我们都认了，小心随意地过着每一天。

我会考一所好大学的。我是这么答应哥哥的。

我把各间高校的录取分数线都刻在了书桌上，时常移开书看一看。叶清新学得更强大，成绩超过了很多重点班的尖子，当然我在她的身边也沾了不少光。两个星期一天假，叶清新还要去新东方补英语，我躺在床上替她默哀了很久。

很累，真的很累。时间像是停滞，又如水流泻。自从高二下学期开始，我再也没在操场上看到苏语的身影。每次走过操场我都会特意地看，可是没有了红色的运动服。我惋惜，然后把那本海子的诗小心地放好。我还作业的时候跟苏语要了这本书，他以为我很喜欢于是送我了，他怕是忘记自己曾经写过这么一段话吧！在英语单词和语文古文的记忆塞满脑子时，他怕会忘记这小杂碎。

如果人生是要分成几个阶段的话，这一段就叫做强迫成熟。学习不再是学习，而是变成了一个巨大的责任。对自己的，对家人的还有一些人的。我记得曾经有一个人在电视上唱到："还能孩子多久"，我深刻地记住了这一句话。真的不是孩子了，我们再也没有孩子的资本。即使一些人觉得我们不切实际，贪乐不勤。

这个时期，这个年龄，这个环境是一条贪吃的虫。它把我最真挚的天真吃进了肚子里，吐出了许多现实，比如成绩。我自从高中以来，就提前发现了这只虫子，它跟着我，我不知道它到底偷吃了我的什么，至少我的幻想、理想慢慢地失去了，我开始讨厌那个伤春悲秋的自己。不要跟虫子说：我以为、我想是、我可以……那都是些主观的扎根在你的脑海中的礁石，总有一天，会有叫做客观的海浪将其无情地扑灭。

后来我写的这个理论被清新看到的，她说："我也见过这只虫子！"说着说着，她竟然流眼泪了，我替她拭去泪水。告诉她，一切很快会过去的。

她说，就是因为很快会过去，所以更加的害怕。

冬至的那天，我独自去学校的餐馆吃饭，手中抱着一堆要背诵的书。我点了一个餐，然后紧紧地坐着背书，这时竟然让我发现坐在角落的苏语。在他的桌面上的烟灰缸，还有一根刚熄灭还冒烟的烟，我第一次见苏语吸烟。运动员竟然这样损害自己的身体，我突然感到前所未有的气愤。

苏语也看见我在看他，知道我的眼神在那根烟上游离。他朝我走了过来，不知道是不是跟我解释。"我只想点燃一根烟。听说抽烟可是使人不那么烦。"

"你在烦些什么呢？"

"呵呵，"他把双手交叉放在后脑上，然后苦笑了，"很多事情吧。冬至了，你一个人吃饭？"我点了点头。这个气氛十分奇怪，他把头躺在手上坐着睡着，我在一旁吃饭，时常会看他两眼。我吃完，不愿叫醒他，于是就一直坐着看书。大概过了二十分钟，他自然地醒过来，还伸了个懒腰。我看了看时间，刚好可以回去上晚自习。对他露出一个微笑，说："走吧。回去上课。"

"宋浅朝，不如我们逃课好不好？"

不知道是不是叛逆，这一刻我想陪伴他，又也许我是想要放松我自己。我捧着书跟着他走了，我们绕过了学校的门口，来到了公交站。我没有问他想要去哪里，只是静静地跟着他，第一次我跟他如此自然地谈笑风生。这是不是叫做"一夜流浪"还是叫做"一夜叛逆"？

他带着我逛夜市，我们看了很多东西。我已经有一整年没有逛过街了。拿着小饰品爱不释手，后来我站在烧烤店前面不肯走，他还特地倒回来给我买烧烤。他把一串串烧烤递到我手上，我突然碰到了他的手，很温暖。

夜市里五彩的灯光很撩人，人多的地方也很温暖，我们一同吃着烧烤，后来还看了一场电影。我手中拿着的书不知道在哪里掉了一本，我们沿路地找，可是最后还是没有找到。不过这并没有影响这晚的美好。九点多，我们准时回到学校。他站在校门口让我先进去。十点多，我看到他跑回了宿舍报到。

"你是跟苏语出去的吧？"叶清新问我。

我对她露出一个微笑，无比轻松。我身体内紧绷的神经又再次被他放松了，那个晚上，我睡得很好。

我很开心，隔天我在操场上看见了苏语踢球的身影。虽然运球生硬了很多，跟低年级的同学的默契也不是太足够。可是他还是射进了两球，看得我很开心。他休息的时候我给他递去一瓶佳得乐，他对我点了点头。

"很开心再次看见你踢球呢。"我说。

"是啊。不过可惜的是，以前的队友都不在了呢。"他看着天空。那天的天空，干净得纯粹。碰上了黄昏，夕阳的余光映衬在云层上。我们似乎正在接受日光的洗礼，云霞在天边沉落，红得糜烂又放纵，在云层上有一种虚幻的光，而遥远的天边又仿佛传来了牧笛声，惊醒了早归的鸽子和黑夜。

那天，残阳遁灭，我竟然还看见操场上那个红色的身影。惊喜得我把他写过的一段文字再读一遍。

别人都不知道我跟叶清新友谊的深浅。可是连我自己也不知道，只觉得我已经不是初中时候单纯的那个我了，于是与同学都缘分浅薄，不肯深交。但不可置否的是，我们都懂对方，我们知道对方需要什么。叶清新也跟我说过，我需要一个人陪伴长大。她说对了。我告诉她，她只需要一本书陪伴长大。她也微笑了，那是一个肯定的微笑，淡定而宁静。

她很喜欢凌晨的时候找我，在我们的床上，我们开着小台灯做数学题。她算得很快，正确率也高，但是时而会变慢，原因是我常常抓住她问题。有时候被宿管从传音器里听见了，又会大吵大闹喊"扣分""别再讲话"之类的。只能通通"无奈无视"掉。

晚上"说话"被扣分，第二天早上又要被罚了。我们就约好在门口，一人拿起一大袋垃圾往学校垃圾池拖去，管理员大妈时而会给我们一个白眼。

"Who 叫你们晚上说话。"大妈说。

我无意抬头看见了叶清新弄脏的校服，雪白的布料上有一处绽开了一朵灰黑色的花，幸好脸蛋没有弄脏。我指着她的校服对着她笑道："Who 把你衣服弄脏了！"她拍了两下见去不掉，也就没多理了，依旧拖着垃圾袋走。

"这叫做痕迹！"她光荣地说。

……

后来我知道最快的时间，过得你只记得留意季节变迁。

还有身上的校服，变黄，变得到处都是褶皱，或者你根本没有时间洗，从洗衣房拿回来也忘记了晒干，最后连叠好放好的时间也没有了。

不知不觉地高三了，还走了很远。

迎考的教室，严肃得进来的风也会消去任何声响。跟叶清新一起跳进了题海里。一跳进里面就没有出来过，按照清新所说的："没做到三万道题别指望高考能多快准稳。"于是就浮沉在题海里了。淹没自己也就看不了其他人了，偶尔两三个人的名字上了广播，说是得些什么奖，记不真切了。

考前两个礼拜，下课后去饭堂的路上遇见了在操场踢球的苏语，惊讶地差点把饭盒掉地上了。"苏语，你疯啦！还在这里玩球！"我也不知道自己的语气夸张了，不过真的是十分惊讶。他这是解压吗？

苏语笑我表情太紧张，道："别这么大反应。瞧你们做题做到昏天暗地，白头发落一地了。我只是适当放松，况且我一个月后就出国了，母亲说高考不碍事。"

"出国？！"我更惊讶了。

"是啊。办了留学移民，刚好有亲戚在那边，可以互相照应。还有足球嘛……当然国外有前途。"苏语的眼睛里特别有自信，突然间觉得非常地羡慕他。以前高二也有同学出国，但从没有这么羡慕过。但是我也郁闷，他要出国了。

是谁染白了我的夏天？是谁偷走了我的男孩？夏天悄悄地来了，表面上夏意绵绵，实际上不知道哪个歹人把我的夏天染白了偷偷运走了，使我觉得它来得是如此地空洞。好像又很充实，我每天会做很多很多道题，复习很多很多个知识点。

可是苏语要出国了，高考也要来临了。

夏天到了高潮，高中其他年级放了两天假，高考就这么完了。前几天还没弄懂的题目，突然永远都没有必要懂了。出了考场的那一刻，我拥抱着在校门外面等待我的妈妈和表哥，突然有种说不出的空虚。

成绩出来的那几天，我在准备报志愿的事情。后来竟然接到了班主任的电话，说是叶清新不见了，她的家长找遍了都没有找到她。我听到消息后很急，连忙上学校网络查她的分数。确实很不如意，离她讲过的学校录取分数线还差一截。我从那简单的数字里看见了她的绝望，拿起手机和钱包就跑了出家门。

我差点忘记了，自己的身上，还是那件高二第一次见她时的雪白带一丝微黄的校服，白色的领子在我奔跑中上下摇摆，像是一只蝴蝶在振翅。我跑的那一条路天空万里无云，十分广阔。亲爱的清新，请你看看天空吧。

我走了很多很多的地方，才发觉我真的不了解她。想她究竟会在什么地方，我的脑海里竟然会是一片空白。在街头上，我第一次在人山人海里这么害怕会永远找不回一个人。这个是我的朋友，我真正的朋友啊！我十八岁了，我有责任去保护我的朋友了。而此时，她究竟在哪里。此时就像是下了一场大雨，把我的太阳、云朵都从天上冲刷下来，使得上空一片灰暗。

当我正像无头苍蝇地寻找时，我接到了叶清新的电话。我立刻知道她在哪里后，立刻赶了过去。她坐在湖的岸前，像一名在戏水的游客。她美丽而芬芳的头发在烈日的暴晒下已经细雨淋淋，手是湿的，不知是汗水、泪水还是湖水。

"你别告诉我你要跳湖？"我目光一触碰到她的身影，嘴里就大声地吐出这几句话。

"为什么这样对我！我这么努力！你们在过新年的时候，我在家教旁学习！我还上了那么多补习班！我付出了这么多，为什么得到这样的结果！"她的语气相当激动，每说一句话湖水仿佛起一道涟漪，整个湖都是活生生的。

后来她慢慢地哭，静静地哭，疯狂地哭泣。我轻轻地走向她，坐了下来从后面抱住了她的腰，把她拉离水，可是她开始拼命地挣扎，我开始怕我会拉不住她，于是就停止了动作。

"我只知道——别人可以不懂我，但是你不可以。事实证明，你根本不懂我。"她对我说，她也停止了所有动作。我们僵持住了。这时我通知的她的家长已经赶来了，在离我们两三米处大吵大闹不敢过来。

"你们别走过来，否则我就带着她跳下去！"叶清新对着她的家人说，听得我很痛心。"从小到大，我根本就不想让一本教科书陪我长大。而你们都是这样理解的！我很压抑很痛苦你们知道吗？"清新难过地吼道。

"不是的，我会陪伴你长大的。我已经陪伴你两年了不是吗？"我对着她说，我看不见她的眼神。我紧紧地抱着她，让她体会我的"陪伴"——我知道，她也懂得。

夏日在我们的身旁笑得分外妖娆，像是修炼多年的妖精，热气澎湃，是夏在嘲笑我们。我能清晰地感受到我眼前的这个女孩，她的触感，是伤痛的，是无奈的，还有千思万绪。我们就是说不出来，这是一段无色的青春，像天空一样清澈，花朵一样芬芳；也像泥土那样令人窒息，尘埃那样渺小。

她身上的那件白色的校服依旧温暖、清新，像是刚刚入学的我们，但是我们已经不是那个我们了。

"我们重新来过吧。"我喃喃地在她的耳前说。

这个夏是灵动的青色，是玄妙的白色。幻如梦一般的颜色。

作者简介
FEIYANG

尾葵，真名宋南楠，广州人。出生于 1993 年。天蝎座。双重人格的小狐狸。最爱的人是爷爷（木木）。在悠长悠长的人生里狐狸不会寂寞，只会每天幽默。（获第十一届新概念作文大赛二等奖，第十三届新概念作文大赛二等奖）

玫瑰舞鞋  ◎文/丁威

一

那是她人生中第一双玫瑰红的高跟鞋。

二

赵子涵来到莫镇的第一眼看见的是一片开阔的水域，那是莫镇的湄河。从目不能及的远方尽头蹒跚而来，徐徐缓缓地流淌，在夏日黄昏里显出一种静默的安谧。河边有三三两两的妇女在洗蔬菜衣物之类的东西，间或有孩子从河边喧嚷地跑过去，也有年迈的老人摇着蒲扇在河边慢步徐行。赵子涵拿起相机拍下这些场景，快门按下的一刻，那个女人的脸在他脑海里闪了一下。

赵子涵坐了六个小时的车来到了莫镇。在火车站等候火车到来的时候，他又把之前发生的一切在脑海里细细地回想了一遍。

那个女人是一年前在一个类似莫镇的小地方遇见的。那天，赵子涵受邀来这个地方的摄影协会交流，中午摄影协会陪同赵子涵在酒店吃饭，饭后，摄影协会的领导示意赵子涵到镇上的桑拿城去按摩，被赵子涵婉言拒绝了。赵子涵的意思是这个地方的风光看起来很不错，他

刚来这个地方，想独自出去转转，也许能拍到一些很不错的照片，这样对这个小镇也是有更多好处的。赵子涵就独自一人带着相机出去了。

　　他是径自往小镇的郊外去的，所有的小镇也许只有郊外才有那种淳朴自然的美吧。时值春末夏初，郊外平铺了一层凝重的绿，视野里树木全都躲起来，或者在远方淡成一抹暗绿的碎影，遮住视线的延伸。鸟鸣从远处传来，显得很悠远。午后的阳光照下来，各处有一种晃眼的生动，像是世界突然在喧嚣之后沉寂下来，为赵子涵打开了另一扇门。赵子涵的脚步就变得很轻快，像是脚下踩着一片云。他看到前方就是一片坟茔，一个个坟包竟然在午后铺陈出一种凛然的壮美。赵子涵径自朝那片坟茔地走过去，这片地因为人迹罕至，草就因此生长得更加繁茂，赵子涵拿起相机按下快门，一个个瘦小的坟墓就跳到了底片上，转为黑白的影像。赵子涵注意到在他近旁有一个相比其他坟墓显得小得多的坟，那还是个新坟，泥土还很潮湿，躲在一片长满杂草的坟中间，孤零零的样子。赵子涵就在那座坟旁坐了下来，暖暖的阳光照下来，加上中午的酒醉微醺，赵子涵的睡意探头探脑地爬了出来。他也不顾这是一片荒凉的坟茔地，往后一躺就睡了起来。

　　后来，赵子涵被一阵抽泣声惊醒了，他以为是梦中的哭泣声，坐起来的时候，就听见一个女人的哭泣声从这个小坟茔的另一面传来。他当时吓了一身冷汗，现在天光已经略显熹微，赵子涵坐在一片坟茔中，理所当然地会想到女鬼这个词。他抓紧了手里的相机，小心翼翼地站起身，半蹲着往坟茔的另一面看，看见的是一个穿着淡蓝色长袖衫的女人，低着头嘤嘤地哭泣，头发垂下来，看不见脸。赵子涵觉得冷汗从额头上往外突突地冒，嗓子突然痒起来，像是有无数条虫子在攀爬、蠕动，最后，他终于是没能克制住，咳嗽声就从嗓子眼跳了出来。那个女人的肩头颤了一下，往后一退，坐在了地上，眼睛朝着赵子涵看过来。赵子涵看出了那个女人眼中的惊惧，他的心反而就有点平静了，他竟然朝那个女人笑了起来。那个女人眼睛里的惊惧丝毫没有消退的迹象，反而更加明晃晃地亮起来。赵子涵举起了手里的相机，他笑着对那个女人说，你别怕，我是个摄影师。那个女人身上绷起来的弦就松了下来，眼神也立马黯淡了下来，赵子涵看到她眼睛里闪起了一片凄惶，紧接着又低下了头，只是听不到哭泣的声音了。

赵子涵思忖了半天，终于还是把心里的疑问说了出来了。他问道，这个坟是……

那个女人抬起了头，目光很飘渺，也不看他，只是将眼神定在某处，响着空洞的声音说，这是我的孩子，刚刚一岁半，就掉到水里淹坏了。她的眼睛很红，是哭了太久的缘故，风吹着她额前的头发，越发变得凌乱了。

其实，赵子涵心里多少能感觉到这座坟里埋的是谁，但是他还是忍不住接着问了下去。他说，那孩子的父亲呢？

也许这个女人已经麻木了，她说，死了。

赵子涵知道自己是不该问下去了，从那个女人的口气里，他知道她是有故事的人。他站在那里，半天后说，我给你拍些照片吧。

那个女人并不言语，只是坐在那里，风一直簌簌地吹，她的头发扬起来，脸上是被风尘吹起的麻木。

赵子涵端起相机拍下了这个女人。那个女人乏力地坐在坟前，黄昏里的夕阳照着她，有一种暖意的悲凉从她身上溢出来，坟茔爬在地上，瘦小、潮湿，夕阳也在坟茔上涂抹上一层金灿，那一刻，赵子涵突然觉得死亡也可以很凄美。

照片洗出来后，夕阳在那个女人的头顶绕出一个光圈，最后，赵子涵把它叫做"圣母"。也因这个照片，赵子涵拿下了当年青城市的摄影一等奖。后来，赵子涵多次去找这个女人拍照片，渐渐地他们熟络起来，她也成了赵子涵的专职模特。这个女人叫莫璐。那段悲伤的时期过去后，莫璐就变得开朗了起来，这其中当然有赵子涵的原因，因为他们彼此相爱了。

某天的晚上，他们做完爱后，莫璐躺在赵子涵怀里向他说起了她的过往。她告诉他，孩子的父亲是她爱的第一个男人。他们是高中同学，毕业后都没有考上大学，她就跟着他到外面打工去了，后来，她怀孕了，而他，竟然在她怀孕后的第三个月跟着一个富婆跑掉了，从此再也没有回来。她找了一个多月都不见他的踪影，仿佛他是突然就从人间蒸发了一般。莫璐就挺着肚子回到了家乡，她的父亲去世的早，家里只有母亲孤零零的一个人，看到莫璐挺着肚子回家，母亲几乎哭瞎了眼睛。可是又能怎么办呢，日子慢慢过，伤痕却日见清晰深刻。后来莫璐生下了一个男孩，她给他取名叫莫博文，可是，生命总是给她悲惨的一面，这个孩子在一岁半的时候，掉到了水里，再也没有了声息。说的时候，莫璐的眼泪一直流个不停，赵子涵把她抱得很紧，他说，好了，以后生命会给你好的一面。他吻着她眼角的泪水，她在他怀里沉沉地睡去了。

可是，她最后还是离开了他。因为赵子涵的职业的原因，他接触的基本上都是那些高挑、漂亮的女模特。她就开始变得诚惶诚恐的，她觉得他只是暂时落在她肩头休憩的一只鸟，过后，他还是会振翅飞去，即使，他在她的树上筑巢了，巢穴也还是会有朽掉的那一天。像之前的那些夜晚一样，她又开始整夜整夜的睡不着，即使赵子涵用尽心思地劝，都无济于事。有一天晚上，赵子涵回来的很晚，裹了满身的酒气，赵子涵搂着她，他嘴往她脸上凑，她一把把赵子涵推倒在地，赵子涵起身给了她一巴掌，说，不想在这个家住就他妈给我滚，你以为老子稀罕你吗？

莫璐蹲在地上，肩头抖出许多哭泣的沉闷声响。而后，她就真的开始收拾衣物，出门的那一刻，她回头看了眼躺在床上的醉醺醺的赵子涵，心里的疼漫上来，她关上门，消失在茫茫的夜色中。

赵子涵找了她很久，几乎翻遍了整个城市，可是，她是真的狠下了心，远远地从他的世界走失了。

赵子涵独自一人在一个黄昏来到了莫镇，那是她消失后的第三个月，他几乎瘦掉了半身的肉，腮上的肉核缩得没了影踪。他站在湄河边，看着湄河上的错缘桥，那时，一个穿着玫瑰红的高跟舞鞋的女人款款地从桥上走下来。

三

路小虎从家里出来的时候是满腔怒火的，脸上也是火辣辣地疼。他对着他父亲的身影骂了一句很难听的话，不死的老东西。

事情的起因是这样的，那是一个周末的上午。前一天晚上，路小虎从乌鸦那里借来了一本书，那本书已经被翻得几乎烂完了，书的封面是特意粘上去的，封面上是乌鸦歪歪扭扭的字迹，写着"鲁迅全集"四个字。其实，你完全可以想象，如果真的是"鲁迅全集"，会有那么多人借来借去的看嘛，肯定不会的，如你所想，翻开第一页，你会清楚地看到"金瓶梅"三个字，这就是为什么这本书被翻得烂得不成样子的原因。路小虎为了借到这本书，还请乌鸦吃一个五毛钱的雪糕，这让路小虎心疼不已，可是，一想到那本书里的让他血脉喷张的段落，他就觉得这五毛钱花得也不冤枉了。

第二天早上，路小虎刚吃过饭，就立马放下碗筷跑进自己屋里去了。他关上门，小心翼翼地拿出那本神秘的书，开始找那些被折起来的书页，他一丝不苟地看下去，生怕漏掉了哪怕一个细节。他看到西门庆的手伸进去，看到潘金莲在他面前展开一片雪白的光晕，他的下面就起了反应，他把手伸进去……

突然，门被打开了，父亲的脸跳进了他的视线里，他立马把手拿了出来，可是，书已经藏不住了。

父亲看着他的表情，他觉得路小虎的表情很诡异，他就对那本书起了疑心问道："小虎，你看的什么书？拿过来我看看。"

路小虎脑门上的汗水凉凉地往外跑，他结结巴巴地说："没什么，是……《鲁迅全集》。"他拿着书的手下意识地往后缩了下，嗓子里干巴巴的。

他父亲显然不信路小虎的话："你会看《鲁迅全集》，日头都从裆里升起来了，你拿过来我看看。"

"真的……真的，我不骗你，是……是我们老师让我们看的，还要写读后感……"路小虎把目光从他父亲脸上移开，坐在那里一动不动。

"我不管什么老师不老师的，你拿过来我看看。"父亲说着就把手伸了过来，把书从路小虎手里扯出来。他看着封面上歪歪扭扭的"鲁迅全集"四个字，咧嘴朝着路小虎笑了下，路小虎的心立马提到了嗓子眼，他觉得父亲的这个笑很含糊，让人捉摸不透，他也只能在心里默默地祈祷父亲不要继续往下翻。

可是，父亲的手几乎没有停顿地翻到了下一页，紧接着那个还没有收回的笑就僵硬了。父亲的眉头锁了起来，父亲又急速地往后翻，然后看那些被折起来的书页上的内容，看了一会，父亲合上了书。瞪着路小虎说："你不是说什么《鲁迅全集》吗？"

"我……"路小虎的"我"字还没说完，脸上就挨了一巴掌，路小虎用手摸着火辣辣的脸颊，埋头不说话了。

"小兔崽子，你什么你，你把头给我抬起来，这会儿装什么装，你头给我抬起来！"父亲伸手拽着路小虎的头发把他低下去的头扯了起来，"这种书是你看的嘛，你说你才多大啊，小兔崽子就不学好，你脑子是被屎糊住了还是什么！"

路小虎梗着头不说话，他知道多说一句，他的脸上肯定就会多挨一巴掌。他不敢看父亲，只是盯着他的脚看，父亲的黑皮鞋被擦得锃亮，在鞋边上闪着一小块光。路小虎心想：老不死的东西，皮鞋擦这么亮又是到哪鬼混。他不敢把心里想的说出来，只能在心里暗暗地骂。

冷不防又是一巴掌，父亲说："你这会怎么蔫了，刚才不是说什么《鲁迅全集》嘛？我是谁，我是你老子，你心里想什么我能不知道，肯定又在心里骂你爹吧，今天我还有事，我先不跟你计较，等晚上回来再跟你小兔崽子好好算账，书我先没收了，你给我在家好好反思，哪也不能去。"

路小虎点了下头。父亲说，你哑巴了，我让你待在家里哪也不能去，你不会说话啊。

路小虎摸着生疼的脸说，好。

父亲摔着门走了出去，路小虎坐在屋里听见父亲在门外说，化妆化妆，整天就知道化妆，化给谁看，你说你化给谁看，两个没一个学好，你说你们就不能给我省点心吗？

路小虎听见姐姐在门外说，我们都不学好，你呢，擦这么亮的皮鞋你是准备干什么呢？

我……我，我不跟你说，我还有事，我先走了。父亲说完就出门去了。

路小虎站起来朝着窗外看，父亲手里还拿着那本书。路小虎骂了一声"操"，他还听见姐姐鼻子里喷出了一声冷笑，似乎还听见姐姐骂了声老流氓什么的。

路小虎站在姐姐身后，抽了下鼻子，姐姐回头白了他一眼，右手抚着胸口说，你是鬼啊，走路连点声音都没有，你站我后面是想吓死我是吧。

路小虎又抽了鼻子，看着姐姐右手拿着一只描眉的笔，脸上扑着粉，眼睛下搽得更厚些，路小虎知道姐姐肯定又熬夜了，有了黑眼圈。他把右手伸过去，左手仍然捂着脸，说，姐，给我五块钱。

姐姐描眉的手停了下来，扭过头说，钱，钱，你说你除了张口跟我要钱，你还能干什么，整天不学好，爸为什么又打你了？

路小虎用右手挖了下鼻孔，接着又伸着过去，他不准备回答姐姐的问题，就又自顾自地说，姐，给我五块钱，我们老师让我们买资料。

姐姐笑着说，买资料买资料，你能不能换个借口呢，每次都是买资料，你资料买的呢，我怎么从来没看你写过资料呢。

路小虎手还在伸着，说，姐，这次我不骗你，这次真的是买资料，谁骗你谁是王八蛋。

姐姐说，算了算了，我也不跟你废话了，就当你买资料吧，我还有正事呢。说着，姐姐从口袋里掏出了钱包，从里面拿了张五块的递给路小虎，说，这是姐最后一次给你钱，你别又出去胡乱花。

路小虎接过钱就往外跑,跑到了门口,回头说,还是姐姐好。他又加了句,姐,你这化妆又是准备去找谁啊?

姐姐说,要你管,你又往哪跑。

路小虎咧着嘴笑,说,姐,你别以为我什么都不知道,哈哈。路小虎说完就一溜烟地跑掉了,他也没听清姐姐最后又说了什么。

他径直往乌鸦家跑去。

四

铁牛揽着路璐的腰,说,璐璐,我们一会去哪儿吃?说着把嘴凑过去朝着路璐的脸亲了一口。嘿嘿地笑起来。

路璐皱起了眉头,拍掉了她腰间的铁牛的手,说,热不热啊,大街上你也不怕别人笑话,以后不准在大街上随随便便地亲我,路璐说着用手在铁牛亲的地方抹了一下。

铁牛还是嘿嘿地笑,说,那好,到我家里去亲,要么到石灰厂后面的树林里去亲,他说着又要去牵路璐的手。

路璐把手背过去,用手帕擦了下额头上的汗说,烦人不烦人呢,你天天除了知道亲跟吃,你说你还知道什么,你就不能找点正经的事情做吗?这个鬼天气,真是热死人。

铁牛还是在厚着脸皮笑,并不理会路璐刚才说的话,依然自顾自地说,那我们去吃冷饮吧,往前再走五百米左右就到了,我们去吃冷饮,说着就去拉路璐的手。

这下路璐就顺从地被铁牛拉着朝冷饮店去了,只是心里还是不舒服,就说,这么远就这么走过去啊!

铁牛说,我们打车去,铁牛就站在路边朝着一个带顶棚的人力车挥了下手,喊道,过来。

然后,铁牛就揽着路璐的腰坐在了人力车里。阳光擦着路璐的脚尖跑过去,路不是很平坦,阳光就在她脚上一跳一跳的,汗水随着她的脖颈往下淌。她朝着人力车夫说，骑快点骑快点，骑快点就有风了。铁牛就也朝人力车夫喊道，让你骑快点，你快点骑。说完了铁牛贴着路璐的肩膀开始往她耳边吹气。路璐回头瞪他，他就对着路璐咧嘴笑。

刚走了大约三百米左右，路璐就在车里叫了起来，停，停，快停。人力车夫就刹住了车，铁牛望着路璐问，怎么了，停下来干什么，不去吃冷饮了吗？路璐说，不是不是，那边有家鞋店在打折，高跟鞋，我就只有两双高跟鞋，我们先去买高跟鞋吧，好不好？路璐撅着对铁牛说。铁牛说，好，反正你高兴就好。他就拉着路璐下车了，然后就径直走了。那个人力车夫就喊道，钱，钱还没给呢。铁牛说，什么钱，你又没给我们拉到冷饮店，要什么钱。说完就拉着路璐往那家鞋店去了。

路璐几乎是一眼就看见了那双玫瑰红的高跟舞鞋，它被放在一个角落里，显得很孤独的样子，独自幽幽地放着妖艳的光。那是一双布面的高跟舞鞋，路璐蹲下来去摸，缎面的质感从指肚透上来，路璐甚至觉得有一种凉从指腹往上仿佛水般地流，漫过她在夏日里不安的燥热。她示意铁牛搬个椅子过来，然后坐下来，把那双夺目的高跟舞鞋穿上，她站起身，走两步，简直就是特意为她订做的一般，每一处都恰到好处地包裹住她的脚，她觉得这双鞋就是为了等待她的脚，再也不可能有比她更合适的人来穿它了。

最后，她就买下了这双玫瑰红的高跟舞鞋，而她脚上穿的那双塑料凉鞋直接被她丢在了鞋店里。路璐是挽着铁牛的胳膊从鞋店里出来的，她的脸几乎被笑容抹满了，铁牛也很满意的样子。他说，你眼光真是好，这双鞋再也不会找到另一个人穿得比你好看。路璐朝着铁牛笑起来，说，那是，肯定没有。铁牛说，嗯，那我们现在去吃冷饮吧，吃完冷饮我们去舞厅跳舞去。路璐说，好，走吧。

吃完冷饮，他们在舞厅里疯了一下午，最后，路璐累得坐在一个角落里喝着啤酒。她说，铁牛，我不跳了，我先回去了。铁牛说，怎么了，那我送你回去吧。路璐说，不用，要是被老东西看见了就不好了，你在这儿继续玩吧，我先回家了，回家后估计老东西又要说我了。

路璐就穿着那双高跟舞鞋消失在了一片喧哗声中。

五

路小虎跑到乌鸦家里时，乌鸦还在睡觉。路小虎就去脸盆里洗了下手，手也不擦就直接把还在滴水的手悬在乌鸦眼睛上方，啪，一滴水落在了乌鸦的眼皮上，乌鸦的眼睛就睁开了一道缝，啪，又一滴水直接落在了乌鸦的眼睛里。乌鸦从床上坐起来，对着路小虎的肩膀捅了一拳，骂道，我操你妈，疼死我了。路小虎说，你他妈的真是属猪的，你看现在都啥时候了，你还睡，你是想直接睡死过去啊！乌鸦打了哈欠，说，好不容易熬到周末了能睡个懒觉，你怎么就不困呢？路小虎说，睡觉有什么意思，快起来，我们去打街机，去迟了就没有位了。

路小虎和乌鸦来到游戏机房里时，那里面已经有不少人了，路小虎掏出姐姐给他的五块钱，买了两块钱的牌子，分了一半给乌鸦。然后跟老板娘说，老板娘，再拿两个雪糕。路小虎就和乌鸦舔着雪糕坐在了"拳皇98"的机子前，乌鸦的技术好些，所以乌鸦赢得更多，但是为了多玩，一般第二局的时候乌鸦就让着路小虎，这样他们每次都能打满三局。最后一局路小虎被乌鸦打死后，狠狠地朝着机子上砸了一拳，骂道，操他妈的乌鸦。乌鸦咧着嘴说，操也没用，你就是打不过我，每次不都是你输，我饿了，咱们去吃饭吧。

他们从游戏机房里出来的时候已经是下午一点了。乌鸦说，我饿得眼前全是金星了，浑身都没劲。路小虎说，靠，谁让你早上不吃饭，起那么迟。乌鸦说，我就算起早了也吃不到饭，我爸妈平时早上都不做饭的，我都是自己到饭店买饭吃。路小虎坏笑着对乌鸦说，你懒，你爸妈也懒，你爸妈真随你。乌鸦想了一会才意识到路小虎是在骂他，就说，操，我爸妈是上班好不好，先别说这个了，咱们找个地方吃饭吧。路小虎说，你身上有钱吗，我身上就剩两块了。乌鸦说，没有，你催得急，我也就忘了带钱了，那先买两个面包垫垫吧。路小虎就跑到附近了杂货店里买了两个面包。他们坐在路边三下五去二就把面包吃完了。乌鸦说，跟没吃东西一样。路小虎说，能怎么办呢，你就忍着吧，晚上回家吃，先想想我们下午干什么。乌鸦想了一会，对路小虎说，要不这样，咱们去你爸的厂里偷点废铁卖吧，正好今天还是周末，厂里也没什么人。路小虎说，这样恐怕不好吧，万一被抓住了，后果就严重了。乌鸦说，我就知道你胆小，你看铁牛哥以前偷了多少废铁啊，哪次被逮到过啊，对了，说到铁牛哥，我前几天还看见他在石灰厂后面的小树林里搂着你姐亲呢，吧唧吧唧的，说完，乌鸦冲着路小虎坏笑。路小虎说，操你妈，我跟铁牛说，看他不打扁你。乌鸦笑着说，别介，我不是开玩笑嘛，去不去？路小虎犹豫了一下，紧接着站起身来说，走。

去了厂里，果然很静，平时机器的隆隆声全都仿佛死掉了一般。他们从西面的矮墙翻进去，刚从墙上跳下来，他们就听见厂房里传来一阵咯咯咯的笑声，那是一个妇女的声音，很尖锐。紧接着路小虎就听见了一个很熟悉的声音，那是他父亲的声音，他们弓着背凑到窗户前朝里看，那时，路小虎父亲的手正好往那个阿姨的屁股上摸了一把，那个阿姨却并不见发怒，只是笑着对父亲说，都这么老了还不正经，接着那个阿姨和父亲都笑了起来。乌鸦对路小虎说，你爹好牛逼。路小虎推了他一把说，去你妈的，老家伙，这下他要是不还我书，我就告诉我妈。乌鸦问，什么书？路小虎说，没什么，我们赶快去偷吧，别等一会有人来了。

他们一共偷了三次，收破烂的老板知道他们是从厂里偷出来的废铁，就把价格压得很低，他们也没办法，就把铁卖给了他。从收破烂的地方出来的时候，他们每人兜里都揣了二十块钱。路小虎说，刚才玩街机是我请的，雪糕是我请的，面包也是我请的，下面就该你请了吧。乌鸦说，我靠，那你呢，你那二十块钱准备干什么啊？路小虎说，我早就看中了一把刀，要二十块钱，我一直都没钱，正好现在有钱了去买去。乌鸦说，好了，算便宜你了这次，但是以后你还要陪我来偷废铁怎么样？路小虎说，我没想到这么好偷，你放心，下次我肯定还陪你来。

　　他们先是去那个卖刀的店买了那把刀，走在路上，路小虎一直手揣在兜里摸那把刀，心里裹满了激动。然后他们又去饭店里痛痛快快地吃了一顿，一人还喝了一瓶冰镇啤酒，出来的时候已经是下午六点多了，他们就径直朝游戏机房去了，乌鸦买了一兜的牌子，一直打到晚上九点多。从游戏机房里出来的时候，路小虎的脑袋昏昏沉沉的，他就跟乌鸦说了声再见吧，就转身回家了。

　　走在回家路上的时候，路小虎看见路灯下有一对男女拉拉扯扯的，他就激动地躲在暗处看，但是他觉得那个女人的身影很熟悉，他就小心翼翼地走近看。果然，他气不打一处来，就从兜里摸出了那把刀，朝着那个男人刺过去。

六

　　赵子涵看着那个人从夕阳的方向走过来，赵子涵几乎是一眼就看到了她脚上的玫瑰红的高跟舞鞋，错缘桥在夕阳里笼了一层温煦的光彩，而那个穿着高跟舞鞋的女人融在了错缘桥和夕阳的氛围里，伴着桥下的流水，就有一种莫名的哀伤了。他端起了相机对着那个女人按下了快门。

　　你干什么？那个女人问道，说着下意识地用手挡了一下脸。

　　没什么，就是觉得你从桥上走出来的时候，在夕阳里有一种异乎寻常的美，就忍不住拍了。赵子涵对着那个女人笑着说道。

　　那个女人的眼睛在他身上上上下下地打量，然后问道，你是个摄影师？

　　赵子涵说，对，我叫赵子涵，你呢？

　　那个女人几乎惊叫了起来，喊道，你就是那个赵子涵，你拍的那个什么，让我想想，我想想，对，那个《圣母》，你就是拍《圣母》的赵子涵吗？我好喜欢你拍的照片啊。那个女人将手放在胸前，像是要安抚一下激动的心似的，她顿了下，接着说道，我叫路璐，第一个路是马路的路，第二个璐是前面加个王的璐。

　　赵子涵也有点惊讶，在这么个小镇上竟然有人看过他拍的照片，想到《圣母》那张照片，他又想起了莫璐，心里不免又有点哀伤。他说道，是我，谢谢你。

　　路璐朝着赵子涵走过来，说，真没想到，你会来我们这个小镇，我一直都喜欢摄影，我也很想当摄影师的模特，只是都没有机会，说到这里，她的头低了下去，然后，又抬起了头，眼睛里闪起了光，她说，你刚才说我在夕阳里很美是吧？她说这句话时并没有多少害羞的成分。

　　赵子涵说，是啊，你从桥上突然走出来的时候，夕阳照着你，我就感觉这座桥是为你建的了！还有你脚上的那双玫瑰红的高跟舞鞋，简直恰到好处地融在这个场景里，如果你有兴趣的话，我很愿意为你拍照的。

　　路璐将双手举在胸前，掌心相对，脸上布满了难以置信的表情，说，我不是在做梦吧？

　　赵子涵笑着说，如果你愿意，也可以把它当作梦，至少这不会是个噩梦。

　　路璐想起来什么似的，说，你……你还没吃饭吧，要不我请你吃我们莫镇的特色小吃吧，我真不敢想象这是事实，我竟然成了赵子涵的模特，赵子涵竟然要给我拍照。

　　赵子涵也并不推脱，说，你一说，我还真觉得自己饿了呢？我就恭敬不如从命了。

　　席间，路璐几乎在一刻不停地问赵子涵各种各样的问题，显然，她还处在一种极度兴奋之中。吃完饭后她把憋了很久的最后一个问题扔给了赵子涵，她说，你有女朋友或者老婆吗？赵子涵显得很惊讶，他几乎是在瞬间想到了莫璐，仿佛伤口上的疤被扯掉了一样，他的心里又浮起了一层疼痛。他说，如果说的话，没有吧，她已经离开我了，我都找不到她。说完，他朝着远处的路灯看了眼，眼神里蒙着一层灰扑扑的东西。路璐看着赵子涵说，其实，我也没有男朋友。这时，路璐的手机响起来了，她一看，是铁牛打过来的。她对赵子涵说，我去接个电话啊。她走到一个有点远的路灯下，确认赵子涵听不到她说话后接了电话。

璐璐，你到家了吗？铁牛在那边问道。

没呢，你打电话干什么，烦不烦人，我到家没到家用不着你来关心。路璐语气生硬地说。

哎，你这是什么话，我是你男朋友，我不关心你谁关心你。铁牛有点着急了。

我男朋友？谁跟你说你是我男朋友啊，我又什么时候说过我是你女朋友啊，我找男朋友也不会找你这种天天不务正业的，你说你除了打架你还会干什么！路璐说着说着就觉得心里冒出了一团火，她甚至想自己以前怎么会跟这种人混在一起呢，简直瞎了眼了。

我操，你他妈，你……你这是怎么了，下午不是还好好的嘛，怎么这一转眼就变了个人似的，你跟我说实话，到底怎么了？铁牛在那边显然耐不住性子了，说话时牙齿咬得很紧，像是要跑到路璐面前把她吃掉一样。

我没怎么，就是觉得自己以前简直瞎了眼了，其实，告诉你也没什么，我爸给我介绍了个对象，人家至少有正经的工作，不像你简直一无是处，整天浪费生命，虚度光阴。路璐对铁牛扯了个谎，又从牙缝里挤出一丝清晰的嘲笑，她就是要让铁牛听见。

你他妈，你……铁牛还没说完，就听见那边响起了"嘟嘟"的挂断声。铁牛把手机狠狠地摔在了地上，零件蹦得到处都是。他骂了句，操他妈。然后，拿起一件衣服就出门了。

赵子涵站在一棵树的阴影下，等着路璐把电话打完，他看着路璐满脸不悦地从另一盏路灯下走过来。他问道，怎么了？路璐说，没什么，一个无赖，天天都来烦我。说到这，路璐就满脸柔情地盯着赵子涵看了。赵子涵看着路璐望着她的目光很异样，他就稍转了下身将头扭向了一边。路璐轻声喊道，子涵。听到这，赵子涵觉得他的头皮一阵发麻，他并不做声，假装没听见的样子。路璐朝前走了一步，一把把赵子涵抱住了，将头枕在赵子涵的肩上。赵子涵把路璐的手从腰间拿了下去，说，路璐，别这样。路璐说，子涵，从你告诉我你就是拍"圣母"的赵子涵后，我觉得我就爱上你了，我想当你的模特，我想要嫁给你。赵子涵说，别这样，真的，别这样。路璐就又去拉赵子涵。

这时，一个熟悉的声音喊道，姐，你让开。紧接着，赵子涵就看见一个男孩把路璐推到了一边。那个男孩的右手朝着赵子涵挥过来，路灯光一照，赵子涵看到那个男孩手里拿了一把刀，刀反射的光在赵子涵的眼前晃了下，然后，赵子涵就觉得自己的肚子里凉了一下，像是被人塞了一把薄荷，凉气突突地往外冒。那个男孩把刀从赵子涵的肚子里抽出来，声音颤抖地对着赵子涵说，让你伤害我姐姐。赵子涵听到路璐惊叫了一声，自己的脑袋一沉，就倒了下去。

路小虎对他姐姐说，姐，你没事吧？

路璐还在愣着，半天才缓过神来，她又惊叫了一声，一巴掌扇到了路小虎的脸上，她骂道，你个小杂种。紧接着蹲在地上哭了起来。

路小虎被打得愣了一下，突然觉得很茫然，他站着看了一会，也不知道该说什么该干什么，就握着刀头也不回地跑了。

七

铁牛拿了衣服就出门了，他径直朝他家附近的饭店走去，他要了一瓶二锅头，几乎是一口气喝完的，喝完后脚底下就飘了。他从饭店里出来，边走边骂，路璐，你他妈的以为你自己是个什么好东西，还他妈的装 X。

这时，他听见背后有个人朝他呵斥道，你他妈的骂谁呢？

铁牛扭头去看，那个人离他有十米左右的距离，因为那个人站在暗处，铁牛就看不清楚他是谁，很显然，那个人也喝醉了，他的声音也是像短了舌头一样。

那个人又吼道，你他妈的刚才骂谁呢？你是不是说路璐，你是不是骂我们家路璐？

铁牛听出来了，这是路璐他爸。铁牛的火气顿时冒了出来，他边骂边朝那个人走过去。

路璐他爸显然也被铁牛激怒了，他说，狗娘养的，你再敢骂一句，说着就把拳头抡了过去。

铁牛往旁边一闪，就躲开了。好好，你给你女儿找个有工作的，我他妈算什么，我既然拿你女儿没办法，我就让你尝尝我的拳头。说着，一拳朝路璐他爸的脸上砸去。

很显然，打架路璐他爸根本就不是铁牛的对手，只三拳，路璐他爸就被铁牛放倒了，牙也被打掉了两颗。铁牛看路璐他爸躺在了地上，就抬脚往他肚子上踹，一脚接着一脚，他感觉自己像是在踢一个软绵绵的麻袋，直到他觉得自己的双脚像灌满了铅一样沉重时才停止。路璐他爸躺在地上气若游丝地呻吟着。铁牛说，以后别让老子碰到你，以后碰到一次老子打你一次。说完，铁牛就拖着沉重的脚步回家了。

八

路小虎握着刀往家里走，借着路灯光他看到另外一条路上躺了一个人。他想，谁他妈的大晚上不回家还躺在大路上呢？想到这，不知怎么的，他突然觉得自己的心情变得很轻松了，步子也快了许多，他把刀往口袋里一揣，张嘴吹起了口哨，而后消失在小巷的黑暗中。

作者简介
FEIYANG

丁威，生于80末、90初之交，喜欢安静看书晒太阳的日子。志向颇高，天分不足。矛盾、敏感、脆弱、失眠、瞎琢磨构成生活的全部。（获第十二届新概念作文大赛一等奖，第十三届新概念作文大赛一等奖）

滨海札记  ◎文/刘涛

一

如果不是突如其来的想法，以及午后令人昏聩的温度……

仓尉身体呈直角趴在桌子上，清晰地感觉到黏腻的水渍在背上勾勒出委曲向下延伸的花纹，目光长久凝视在已经空了的矿泉水瓶上，深深地叹了口气。

"来自海洋的诱惑。"——俗不可耐的广告语。瓶子上身材健硕的模特赤裸着上身穿着花哨的沙滩裤笑得比身后蔚蓝的背景还要清凉。

但在这种温度的天气里，这绝对是种不可抗拒的诱惑，仓尉攥紧瓶子拍案而起，在万分之一秒内计算过钱包里仅有的家当。

二

以同一个姿势坐在窗户边不变近乎六个小时的女生，在被告知火车要延时两个小时到达后，轰然倒下，毅志力和后悔的情绪在脑海中激烈地冲突，眼前再一次出现完美星空。不是后悔万分就能够回去安然躺在宿舍里继续吹风扇，碍于要维持脸面才没有尖叫出来的仓尉颇为

气结地死死盯着对面的座位。

比自己更早上车，一直安静地靠在车厢一侧的男生，仍然在读着那本《欧洲发展史》，不过已从最初的几页翻到了大半本以后。除了偶尔轻轻地推下厚重的黑框眼镜和每隔大约四十五秒就翻过一页的声音，几乎让人感觉不到他的存在。

拥有惊人的坚持力和阅读速度的——美少年（仓尉的定义）？注意到要在书本背后烧出两个洞的灼热注视，少年放下书。迎合上仓尉持续升温的目光，手指在鼻梁上划过，又是标志性的动作。

啧啧，这才叫文质彬彬，她在心里给予了高度的评价。

他的睫毛在眼帘下投出一小片阴影，眼镜后的脸颊细致如白瓷，线条清淡，温文尔雅的卷曲栗色头发和不搭调的白色立领衬衫，都在一瞬间直击仓尉的心，这一刻在她心里是丘比特之箭正中红心后的欢呼声。

当然，还有挺拔的鼻子和漂亮的嘴唇。接二连三的拙劣庸俗形容词闪过仓尉装满腐殖质的脑海中。核心还是脱离不了"美少年"这一对青春期少女内心极具杀伤力的词。她懊恼地用手指绞着发梢，太过唐突的对视导致无法开口搭讪，无论是头皮上传来多大痛楚以及断裂的声音都不能挽救这一尴尬的场面，背得烂熟的偶像剧台词关键时刻竟派不上用场！

出乎意料地倒是男生先伸出了手，"你好，我叫晰端。"

"啊？"短路一秒后，迅速搭上了修长的手，"我是仓尉。"背景陡然由纠结的异次元空间切换回了撒着玫瑰花瓣的场景。

"你在哪一站下车？"找到了话题的突破口，立刻切进去的女生问道。

"滨海站。"

"哎？一样呢。"小熊在心中热烈鼓掌，桃状花瓣更加热烈竞相抛洒，之前的沮丧烟消云散，连声音都比往常要高八度。

"那，一起走吧。"简短平直的话和语气，含有更多的陈述而不是询问。面色绯红的仓尉顺利沉溺在温和的声线里。

三

深夜的大海，幽暗从天空坠下巨大幕布，铺盖如浇下的沥青。眼睛不能分辨晦暗，腥咸的海风扑面而来。

冲刷过脚下的沙滩，千万年来一直不断地侵蚀出不见边际的界限，浩渺地吞噬了目光落向的最远处汹涌的海水，仿佛置身在停滞的时光中，所有的光线都逃逸不出云层。像是装满一色颜料的容器，被紧握在巨大而压抑的力量之中。

仓尉不由自主捏紧了晰端的衣角。

察觉到轻微的颤栗，少年扳过仓尉的肩膀，扶着她坐在一处干燥的地方。"破烂的地方，连个近一点的旅店也没有"类似这种的怨言在晰端温和的动作中完全被抛到脑后，甚至产生了如果这样的情况再持续久一点就好的愿望。

"我给你讲个故事吧。"晰端紧靠着仓尉坐下来。她在黑暗中点了点头，不论他有没有看到。

"滨海从前有个名字叫做'央礼'，意义再明确不过就是索要祭品。这里的人依靠捕鱼业为生，所以每年都会有盛大的祭祀活动举行，来要求海里的神明为他们带来新一轮的丰收。相应的，他们要献上祭品作为交换。传说来到这里许愿的人，只要能够拿出相应价值的东西作为祭品，愿望就一定会实现。很多人都对这一点坚信不疑，每年来这里度假的人，都会刻意赶上那个庆典，他们大声说出自己的愿望，并且用身上有价值的东西扔进海水里作为交换。再让自己的愿望得到应验。曾经有一对年轻的情侣来到这里观看盛大的海水与庆典，女孩子叫决离，谐音和滨海的名字一模一样，可惜她先天失明所以看不到。于是男孩子答应她说'我去帮你换回眼睛'，然后不告而别投身大海。"

"后来呢？"仓尉迫切地想要知道结局。

"后来啊，男孩子回来了，女孩子的眼睛也可以看见滨海了。"他将一个皆大欢喜的结局用一种平淡无奇的语气讲出来，像所有烂尾的故事一样，它的结局仓促一点也不吸引人。

"就这样啊……"她有些怏怏地说，原以为是什么惊险的故事，比如出现海怪与男孩子决斗啦，或者男生遇见人鱼公主没有回来什么的……勉强算得上是有些曲折情节的言情小说，"哎，还算圆满啦。"随口应付道。眼睛已经困倦地闭了起来，不再打算让有些书卷气的男生再讲些什么。

"晚安"。仓尉枕着晰端的肩膀小声说。

"晚安，我的恋人。"他轻声回答，这一句她没听到。

四

醒来时看到的第一幕是陌生的少年从天空中呼啸而来。

巨大的白色滑翔翼冲向自己，栽倒在沙滩上，他倒扣防风镜戴在破旧的帽子上，露出促狭的笑容。仓尉踉跄躲开，沙子灌进了衣服里，一边想要破口大骂，一边从头发上使劲拨掉恼人的沙粒。她气得面红耳赤，冲着这个失事的驾驶员大声吼："要谋杀啊！"

"来者不善"成为她对吵醒她睡觉并且把她搞得一身狼狈的他的印象。他伸出了手，俯下身，标准的绅士礼节："小姐，要我拉你起来吗？"

仓尉一把打掉他的手，爬了起来，愤愤地怒视着那张轻浮的笑脸。他好像并不在意，继续自我介绍。

"我叫诙区噢。"不征得同意轻挑地拉过仓尉，用手指在她掌心画下几个简单的笔画，也不管对方的脸上是不是一副手上爬了鼻涕虫想要赶快甩开的样子。

"和稳重的晰端一点儿都不一样！"想到这时仓尉才发现晰端已经离开这里了，惊慌地摸了摸钱包，确定它安然无恙后，舒了一口气而后又不知所措。

"被莫名其妙地遗弃了。"哀怨的想法立刻占据了她的大脑。

"第一次来滨海吧。"诙区搭上仓尉的肩膀，一副熟络的样子，"作为赔礼道歉，我讲个故事给你听吧。"

"以前这里啊，叫央礼，至于意思呢，等下我再告诉你。有一对模范情侣他们很恩爱呢……"

"我知道！女孩子的名字与滨海的名字是谐音，她看不见……后来男孩舍身为了那个女的，再后来破镜重圆大团圆了啦，这样狗血的故事别讲了，早都听过了。"不仅是因为故事的无聊，同时也因为男生卖弄的语气，所以她厌恶地打断了。

没有深究仓尉的病句与用词不当，诙区一点也不生气被打断，反而加大了挂在嘴角的弧度调侃道："哎，你是不是被恶灵附身了呀，脾气真坏，这样下去会让你喜欢的男生很困扰啊，没人喜欢凶巴巴的女生哟。"诙区一脸担忧的模样绕到仓尉身后。

"你才恶灵呐，所以不要缠着我！"手脚并用地想把诙区从身边推开。

"喂！我不过是看你一个人怪可怜的想陪你。"诙区立刻一脸委屈地辩解。

联想到不辞而别的晰端，有些失落，仓尉突然沉默下来："原以为是一场浪漫的邂逅呢，没想到被抛弃了……"弃妇一般的神情和语气，与之前判若两人。

"看我没说错吧，小姐，你是一个人噢。"

"不是！他会回来的！"她赌气地大声反驳，却心虚显得底气不足。毕竟是一个刚刚认识还没怎么熟悉起来的陌生人。

就这样一直坐在海边等着他回来，不想在那个讨厌鬼面前丢脸。天终于黑了下来，所有的希望随着困倦而破灭，真不该轻易相信不明美少年啊，也真不该把话说得那么绝对没有台阶下，趁现在逃走说不定还能找家旅馆睡上一觉呢。看着已经熟睡在一旁的诙区，少女在心里感慨。

五

"仓尉，仓尉。"

"啊？"迷迷糊糊地醒来，晰端的脸在眼前放大。

"睡在这里会着凉的。"他体贴地解下衬衫披在仓尉身上。

脸立刻升腾起粉红的云朵，还好在暗处他看不到。

"你去哪里了？"她迫不及待地想证实自己并不是被刻意丢弃。"我白天去找住的地方，结果……嗯，迷路了。"晰端抱歉地笑了笑，神情依然温润如水。

"仓尉。"他突然叫住她。

"嗯。"

"我喜欢你，从一开始就是。"出其不意地将女生轻轻地环抱在怀里，仓尉嗅着晰端身上潮湿的气味，仿佛被他柔和的声线蛊惑。"所以，跟我一起走吧。""一起，走吧，我们一起。"耳边持续充斥着这样的声音，张嘴什么都说不出来，只想答应他。

"哎，别恶心了，这么烂俗的告白，不能换一个吗？她才不喜欢你呢。"不知道是什么时候诙区已经醒来并且站在了身后，用力将仓尉拉回身边孩子气的争论。

"你干吗，讨厌鬼，走开啦！"女生恼怒地用力打在诙区身上，他却仿佛没察觉到，只管加大握在仓尉手臂上的力量。

"要听完那个故事的结局吗？真正的结局。"良久诙区挑衅似地说出这样一句话。与此同时，晰端的脸色也阴沉了下来。

"什么？"看着这以变化的女生安静了下来，停止挣扎。

六

"男生舍身投入大海，为喜欢的女孩换取眼睛。"

但传说并不是完全可信，神明也有无法给予的东西，它变得暴怒而残忍。所以他用生命换来的，是他的死亡。他的尸体被海水吞没再也没有出现过。而女生在日后的一场手术过程中因麻醉剂注射过量，造成泱离的记忆损害，于是她再也没有回过滨海，也永远地忘记了男生。

是偏执让死去的男生化为水鬼，执意回来，但神明取走了他眼睛，所以他已经看不见了，作为交换的条件，他要为贪婪神明每年都奉上年轻的女人，直到有一天交还他的眼睛让他可以寻找爱人。之后，每年的滨海都会发现许多年轻女生死亡的意外事故，这里也荒凉起来。而故事中男生的名字，叫做晰端。可是他却不知道，漫长的时光过去，他心爱的人早就眠于尘埃转入轮回。

仓尉惊恐地望着站在面前的男生，黑眼镜框后的眼睛漂亮却毫无神采，即使听完诙区的话也没有丝毫波澜。她这才回忆起那些细节，晰端那总是潮湿的衣服和略显苍白的脸色。

还有安详而沉稳的表情。

"我在等我的恋人回来。"晰端缓缓开口。

"她早已经不在了，那是很久以前的事，她死了，泱离已经不存在了。"仓尉突然间觉得晰端有些可怜，拽了拽诙区的袖子示意他不要再说了。

"她真的忘记我了吗？"晰端的声音低哑，变得有些绝望。神明答应过只要有足够的祭品，就会让他找到泱离的。

"即使记忆中的你已经不存在了，但是思念的羁绊却没有消失。她许下的愿望是，用再见光明的机会等待与你重逢，度过一生。所以她回去之后推脱了别人捐献的眼角膜。在孤身一人的黑暗中度过后半生。可是你在这里停留得太久了，错过了她轮回的机会。她等你的时间很长，每一生都执着的独身一人。现在去找她，也许还来得及。"

"那些死去的无辜女孩该怎么办，或许我已经没有机会遇见她了。"晰端的神情在一瞬间的清明之后又黯淡下来。他手中握下的沉重罪孽几乎不可以被原谅。

"思念的折磨是神明给你粗心大意的惩罚，因为你一直都没在意，泱离更想要的是你而不是眼睛。"诙区又露出了那种促狭的笑容。

　　晰端的身体开始分解，色彩被抽离了，只剩下了浅白透明的轮廓。他无声的用口型对她说"再见"，连同恋人的名字，一起被海风吹散。

<h2 align="center">七</h2>

　　"他为什么会找到我呢？"仓尉问诙区。

　　"别傻了，才不是因为你长得漂亮，况且你没什么看头。"直到看见女生攥紧的拳头才解释道："这个世界由无数元素构成，它们分散，从人的身上剥离，附着在各种各样的物体上，甚至于梦境，我们的一生，与整个世界有着多得数不清的交集。也许他找到的，只是存在你身上哪怕仅仅只有万分之一的气息。时光中见证的恋人最为忠贞，致死不渝，隔得再遥远，无论是时间与空间的界限，都能够穿越并彼此吸引。"

　　"喂，仓尉，作为报答，你要陪我玩噢。我可是把你从恶灵手里救下的恩人。"诙区恢复了轻佻的语气。

　　看在诙区还算称得上是"英俊"的脸，以及考虑到囊中羞涩答应了下来。

　　她坐在滑翔翼上紧紧依靠着诙区，被强大的气流冲得几乎睁不开双眼，他们像海鸟一样飞过云层与雾霾。

　　直到滨海终于从视线里模糊开。

作者简介
FEIYANG

　　刘涛，别名江修，又称NONO。1992年10月出生于陕西，偏爱 Arch Enemy。（获第十二届新概念作文大赛一等奖，第十三届新概念作文大赛二等奖）

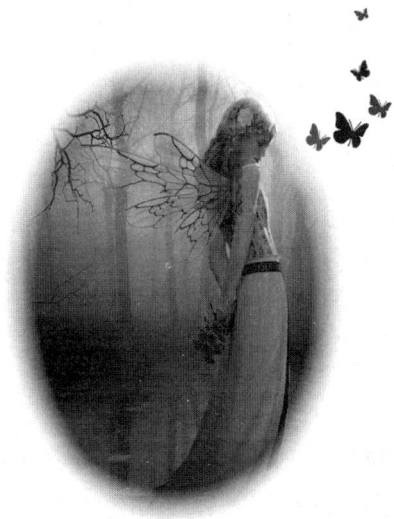

第3章

致我的少年

花季和雨季都干白得像一张纸，但是，谁都没有资
格禁止我们做梦

致我的少年　◎文 / 另维

少年：

　　写这封信给你，请不要诧异我不留名，你并不认识我。

　　我是你的同级校友，你的地址是我在人人网里翻到的，三年多来，我有太多话想对你说。

　　从哪里开始好呢？

　　我第一次见到你，是在高一开学刚刚足月，全世界都处在癫狂兴奋与好奇之中的时候。

　　早自习下课前三分钟，我溜出教室来到楼梯口边的小前厅，记录各班值日情况的长黑板在此，我打算神不知鬼不觉地抹掉"今日迟到"栏里自己的名字，正在紧张伸手的时候，你风风火火地出镜了。

　　斜背式的帆布包一下一下、节奏分明地敲打着你，你熟视无睹地奔跑，明显大一号的科比系列 T-shirt 的雪白下摆蜿蜿蜒蜒，你半长不短的头发立得很直很有型。

　　这些画面是在一瞬间全数扑入我的视线的，下一顷刻，你飞速变清晰变大，整个人以迅雷不及掩耳之势向我袭来。你在撞上我的瞬间灵巧地侧过身，向前踉跄几步，才终于停下。

　　站定之后你立刻转面向我，像是下意识地，你用右手握了握自左肩斜横到右胯骨的书包带，然后低下头微微欠了一个身。

对不起。你说。

你在抬头的瞬间好像看了我一眼，我还来不及确定，你已转身三步并作两步，匆匆上楼去了。

早自习的下课铃响了，奔向食堂的人民群众一下子挤满了这间狭小前厅，我的少年，我还在原地动弹不得，我的全身上下都充斥着一种强烈的直觉，你是陈北词。

你绝对就是传说中的陈北词。

你真的是陈北词。

两个月后，我坐在期中考试的考场上对着满眼 f(x) 和三角函数惊叹不已。

此刻，你就在我右手边一尺远的位置埋头做题，你的轮廓印在窗外天空色的背景上，左手托腮，你嘴唇浅抿眼角弯弯，好像很享受这份数学试卷一样。

哦，你又迟到了，你来之前，平均三十秒就会有两三个人过来确认你的座位，教室里到处漂浮着以你为主题的纷纷议论，有人说你虽然样子看着坏但性格还可以，更多的则认定你是一个难以接近的人。

我在一边骄傲的无视他们，我知道不是这样。

不仅仅因为谙熟"流言通常不可信"的道理，我知道你是一个讲礼貌，做错了事一定会说对不起的大男生，你会对邻桌人笑，会友好地问我借圆规和橡皮，并且在得到肯定的答复后，你会感激地一连说上好几声"谢谢"。

我沉浸在对你的新一轮了解中沾沾自喜，直到监考老师亘古不变的"离考试结束还有 15 分钟，没做完的同学快点，做完了的认真检查"把我拉回现实世界后，我才诧然发现自己还有一整道大题未做。

我顿时慌了手脚，平日里练成精了的几何题怎么看都毫无头绪，我正急得哽咽，针落可闻的寂静里，陈北词你异常刻意地咳了一声，然后在以监考老师为首的无数双眼睛里，泰然自若地朝只有我看得见的角度，晃了晃指间的小纸条。

抛物线之后，纸条安然落在了我的桌上，我慌忙伸手盖住而后怔怔望向你。你对我竖了竖大拇指，"哗"地一下笑开了。

眼睛弯成月亮，坚挺的鼻翼把嘴角牵出一道利落的弧，虽然怎么看都有点坏坏的，却叫人从脚心到头顶都倏然温暖。

正午 11:05 的天空已被太阳照成白亮色，陈北词，你连鼻息里都有一股阳光的味道。

我摊开纸条埋下头，对着你不太好看的字迹，在你看不见的角度窃笑着疯狂抄起来。

在这所位列湖北八大名校的襄樊四中里，每次大考的前三十名都会被尊为"清华北大之星"，"星们"除了照片贴上光荣榜之外，每人还能获得伍佰元奖金，大考因此而被人期待和硝烟弥漫。

陈北词，我不是故意的，可还是在抄去你十四分之后，以一分之差抢走了你的第三十名。看到自己的名字和照片正在光荣榜里大放光彩，握着崭新的五百块钱，想起你看起来坏坏的却无比纯良的阳光味道的笑，我真的很内疚很内疚。

我太胆小，不敢打碎玻璃窗把光荣榜上我的名字照片换成你的，但我至少能把属于你的钱还你。

我挑了一个中午上学前校园人迹罕至的 13:55，溜进你的教室找到你的座位，你的桌子乱得很有美感，做到一半摊开着的化学习题册和草稿纸，忘记套盖的中性笔散漫地躺在桌面，篮球杂志胡乱地塞在摞到半尺高的书堆里，桌脚边还有一个篮球。

篮球略微不安地静静靠在桌腿上，空气里飘满了 17 岁少年的味道，我上前去，忍不住坐上你的凳子，贪婪又变态地伸出手，触碰你的物件。

陈北词，直到现在我回想起这一刻你突然出现时的情景，都禁不住心惊肉跳奇囧无比。

你很是嚣张地踢开把阳光关在外面的教室门，巨响的余韵里你站定时，我已然在惊吓中摔倒。跌坐在桌子底下，我大脑空空如也，只知道自己脸颊很烫，很烫很烫。

你越走越近，我连忙狼狈又无奈地从你的桌下站起，吓了你一跳。

一秒钟的停顿比一个世纪还漫长。

"是你啊。"你挠挠脑袋，似乎还记得我："你怎么在这儿？"

"我……"我灵机一动，"借了一个初中同学付净一的书，来还他……结果硬币掉了，刚找到。"

我掏出口袋里的硬币以示证明："你呢？怎么也这么早？"

你似乎很不吝啬你坏也很好看的笑容，指指自己的桌角："第一节体育课，我来拿篮球。"

话音未落，你上前弯下腰利索地左右手交错把球运了两下，篮球便异常听话地贴着你的手欢腾起来，你顺势把球卡在怀里，一句"拜拜我先走了"之后，你舒展开颀长的身子运球跑开，午后的阳光暖意逼人，篮球敲击地板的"咚咚"声声作响，陈北词，你怎么连背影都这么潇洒好看。

陈北词，那之后，从那之后我忽然多了一种奇妙的感觉。

我在食堂巧遇你们班我的初中同学付净一，聊天聊到一半，你们班中考第一名入校的女生尖叫着冲了过来。

"我不相信！我不接受！陈北词这次月考竟然数理化三科全部超过了我！付净一你告诉我这不是真的！！"

付净一却不以为然："很正常。人家陈北词打完球一回教室立马进入状态，你自习课看娱乐报一看一节课，人家怎么在学你怎么在学。"

"可是这未免也太快了吧……"女生都快哭了。

陈北词，一切都太奇怪了，那一刻，局外人的我竟然无比骄傲起来。你会学又会玩关我什么事，你超过中考第一名的人关我什么事，我们连认识都不算，我凭什么为什么这么爽这么骄傲，真的好奇怪。

而这种奇怪的骄傲竟像流感般飞速蔓延起来，篮球场上看到你伸手不凡被喝彩不断我会骄傲，听到别人打听你议论你会骄傲，我俨然成了一个活脱脱的情绪失控女，每天都能冒出全新的不可理喻的骄傲。

然而陈北词，事情并没有一直这样清淡如水，却美好如诗地进行下去。

传言说，你喜欢上常去看你们打球的女孩，她同你的一部分球友一样，是学校里最特立独行的人种，他们成绩差却不以为耻，逃课像别人上课一般积极，生活的主题是穿衣打扮四处游玩。靠家世背景进四中，高考和将来对他们来说，简直有如脚下的蝼蚁，毫不放在眼里。

脱离高考阴影这么久之后我还是无法理解，那些人究竟如何做到完全不想自己漫长的将来、完全不愿学习知识充实自己、完全白费父母的血汗钱混日子，而安然自若问心无愧的，我相信品学兼优的陈北词你也一样。所以那个女孩才会拒绝你，对你说，我们不是一个世界的人。

许是受了这件事影响，高一末尾的文理分班考试，你发挥严重失常，竟然一举掉出前 400，从特奥班被分到鱼龙混杂的平行班。

我可怜的陈北词啊，何其优秀的你连续两度受挫，天时地利人和之后，你终于再也把持不住，就这么跟着你同班的球友烫染了头发逃起了课，放弃以往所有的努力，在一片哗然里朝那个女孩的世界去了。

前 500 名的一本线光荣榜上，你的名字在一次第 499 名之后，再也没出现过。

我常常为你惋惜，十二年寒窗你努力了十年，革命即将成功你却停止努力。600 分等着你，"211"等着你，好工作好未来好人生全都在向你招手，你居然扭头就朝反方向跑了。

我其实也羡慕你，都是十七八岁的大小孩，谁不爱玩谁不想玩。

可我好不容易从偏远小县城考过来，我是我们全家最大的骄傲。你是前途无量是铁板钉钉的"211"大学生，我可以用你激励自己好好学习争取考进同一所学校；你不学无术注定将来名落孙山，我就不可能向你学习了。我的人生是我自己的，这些道理，我早就懂得。

所以陈北词，我也只能这样，在渐渐多渐渐厚的试卷渐渐浓郁的紧张氛围里，渐渐渐渐把你淡忘。

人一旦扎下头来做一件事，日子就过得特别快。

我再因为听到你的名字而郁郁寡欢不能自已，是在高二下学期的数学分组讨论课上。

我们小组讨论一道高难数列题，争来吵去也不见结果，其间，一个组员，你的初中同学忽然心血来潮感慨了句："唉，人跟人区别怎么这么大，想当年这种数列题陈北词初三时就能口算了。"

高二才来的转校生闻言，手里的笔都吓掉了："陈北词？陈北词不是个混混吗！"

陈北词啊，那一刻我想起曾为你超过你班第一名而骄傲不已的自己，那种恍若隔世的错觉，真的很让人难以呼吸。

你这么优秀的人，我怎么能看着你走在歧途上而坐视不管呢。

我决定写一封信给你。

我想告诉你，对自己的将来，请至少有一个想法和目标。好比说我，我想考一所好大学，所以我不管网上"名校又如何照样毕业等于失业"的鼓吹，就只一心学好我的功课备好我的高考，我为它夜夜苦读，苦读多年依旧很乐意，因为我知道，努力可以换高分，高分换名校。

三百六十行的成功人士各有各的长短，唯一一致的，他们必定全都是肯下功夫肯吃苦的人。可是，当年纪轻轻的我们站在别人面前，唾沫横飞吹嘘自己是如何能吃苦时，什么能证明呢？

名校。

名校这张牌，纵使不能证明一个人的能力强弱，但至少代表了其长达十二年的踏实肯干，并学有所成的品质与水平。所以陈北词，我多么希望你能考上最好的学校，它真的能给你的人生比别人多得多的无限可能。

我像高一伊始时一样，带着忐忑的心脏把信塞进你的抽屉，没过几周，竟看到你顶着短短的黑发，背着斜挎书包手握习题册出现在教学楼里。虽然幻想过许多遍，我依旧忍不住躲起来，惊讶又感动地捂着嘴哭了。

年级里有传闻徐徐散开，人们都说，你遭到你不良少女型女朋友的背叛不说，还被人打了一顿，可能觉得太丢脸了混不下去了，只好回来学习。

陈北词，我才不相信那些话，不过无论如何，你回来用功念书了，一切真是太好了。

高三上学期，任何八卦议论都能在三分钟之内被"自主招生"、"小语种"相干的词汇覆盖，就连陈北词你轰轰烈烈的爱情故事，也很快由"老师觉得你很可惜很想帮你加把劲，看你双语水平还在，便推荐你去考外国语院校提前批"这件事替代。

办公室问题时，我确实曾在年级主任桌上看到了你的报名表，你不太好看的字迹工工整整小心翼翼，每一笔都带着穿透纸背般的坚决与感激。可是，我刚暗自为你鼓劲加油没几天，就又听说人选换成了成绩极差无比、年级主任的侄儿王周维，你最终没有去考。

年级主任讲话，为减轻高三学生压力，学校决定撤掉一层楼高的倒计时牌，并减少三十分钟晚自习时间。陈北词，自顾不暇的我终于没有余力偷偷关注你。

我再见到你，已经是高考结束的十多天后了。

下午六点，我出门买晚饭，刚拐到小弄口，就看到你踩着拖板拎着馒头，从路尽头慢悠悠地走来。

依旧是宽大的白T-shirt，科比头像微微勾勒出你胸口的线条，看到我对你微笑后，你停下脚步，回应我的笑容很是友好与迷茫，显然一副有点眼熟，却一时想不起是谁的样子。

"高考怎么样？"讪讪的，我先开了口。

你挠挠脑袋："还好吧，正常发挥。"

"那就好。"这个节骨眼上的人类没有别的话题，于是我接着问，"志愿想好了吗？"

"嗯。"你笑了一下，报出一所三本分校的名字。

猛一个瞬间，我面前的你和那年考场上张应该出现在"清华北大之星"榜里的笑容交替闪现了一下，我忽然很感伤很想哭。

"我记得你以前成绩很好的……"我忍不住感慨，却又不知该如何说下去，"总之，唉……还真是可惜。"

"有什么可惜的，我自己走错路，该付出代价的。"你像是陷入了久远的回忆，又马上走出来，对我露出你虽然坏坏的，却叫人从脚心暖到头顶的阳光味道的笑容，你说，"没事啦，大学四年抓紧努力，考上研究生就全补回来了。"

"加油，祝你马到成功！"

"嗯，你也是。"

陈北词，故事进行到这里，已经正式结束了。

像每对不太熟稔的校友一样，我们偶遇时寒暄然后道别，返校那天又打了一次照面之后，我再也没见过你。

我现在在离你很远的首都上学，就像我不知道你究竟是不是因为我的信而回归正途的一样，我也不知道我有没有喜欢过你，总之一切就这么过去了。

上周学校放小长假，我回家乡看望我刚上高中的表妹。午饭后，她兴奋地拉着我的手，双眼放光的为我讲她年级里长相好体育好功课好，一进校就吸引了全校目光的少年，手舞足蹈的样子让我忽而想起你，想起曾经以同样的表情、心情讲你的,十六岁的自己。

像你这样的少年,存在于世上的任何一所学校永远不老,你们仿佛生来就带着光芒,轻易就会被人揪出来丢在舞台中央,享受也好厌恶也罢,一举一动都会被像我这样的少女关注幻想,津津乐道。

像我这样的少女,同样生活在每所压力巨大一成不变的校园,我们普通得永远丢进人群就再也找不回来,我们鲜有人追,也鲜有轰轰烈烈的爱情,花季和雨季都干白得像一张纸,但是,谁都没有资格禁止我们做梦。而你们,陈北词,而你就是我梦里面最亮眼的装点,让我无论多少年后回想起来,都觉得青春是无比地囧,无比地令人羞涩、尴尬、无语,想自抽嘴巴……无比地清新甜蜜。

谢谢你。

最后,我祝你学习顺利,一切安好。

作者简介
FEIYANG

　　另维,真名温暖,女,生于 1992 年 3 月 29 日,现居美国华盛顿西雅图,freshman,写手,杂志编辑,兼职平模,腾讯 NBA 直播员。曾在《中国校园文学》《萌芽》《最女生》《花火》等刊物发表文章,已出版《美丽时光走丢了》。(获第十二届新概念作文大赛二等奖,第十三届新概念作文大赛二等奖)

我的路  ◎文/张迹坤

一

我相信路会一直延伸，我相信我永远也走不完我的路。我的脚步尽管匆忙而决绝，但它永远心系着路，路是它心里最平静最深刻的念想。一如它不知道自己该往哪儿前行，路就会给它方向一样。路指引着，疼痛和苦难也不会消散它的信念。对于路，他不懂得逃离和背叛，就像死守一份忠贞的爱情。它永恒地在行程中拥抱最温暖的那一汪属于路的水泽，那种热情，不知道疲惫和辛酸。正如我们的身体，受到太阳的恩泽而焕发无穷生气与活力一般。

于是，它一直在路上，路让它有了生命，也让它成全和原谅了自己。

二

我在起点时作过逗留，因为留恋。我回头凝望了记忆里那一床最华美的袍，怀念她给过我的温暖。但我还是上路了，我是自己上路的。沿途中遇到太多太多的人、太多太多的事，有的人对我笑了，有的人横眉冷眼相对。

我背起我的背包，它已经覆满了厚厚的一层风霜。

它脆弱苍白得令我心痛，因为它伤痛的内里早已经不能愈合。它的外表很刚硬，像许许多多的人一样，它用表面的冷静坚强把深刻的疼痛柔和地隐藏起来，不想让人看见它的脆弱。

路一直向前走，漫漫长长永远不停止的样子。眼泪打湿了我的地图，我不习惯路的孤单和寂寞，总是很冷的样子。

我在夕阳的牵引下像头牛一样回到了黎明，经过了一个漫长的黑夜。我做了一个梦，恍惚如我热闹的前世。

梦里有很多的人，他们从遥远的一个叫永无岛的地方而来，他们形容斑斓，明眸皓齿。让我想起一种叫做阳光的东西，它们从高高的天空中轻轻飘落在我的皮肤里，暖暖的，痒痒的。他们拉起我的手，用好听的声音对我说，我们一起走，我们可以带你飞。

我的眼眶瞬间就湿了，朦胧中我仿佛看见故乡的辽阔大地上落满的暖色阳光，风在田野和溪涧自由穿越，带来七色野菊盛开的消息。天边飞过一群银白的鸽子，洁白的落羽和笛声缓缓飘散在天空的呼吸里。还有一个在云上飞翔的小孩，冲着我大呼小叫，一下子就飞远了。

我的确是想过遭遇一个旅程的伴的，不管他是老人或小孩，男人或女人。我们会心照不宣地沉默以对，我疲惫的时候他也不会说话，只是我感觉我身边还有一个人，我就不会持续消沉，也许至少保留一丁点互相注视的希望。我对旅程没有奢求，我也不相信诺言和保证。可是现实真的给了我一个伴儿。我看见他时，跪下来朝天拜了三拜。也许生活有时也值得感恩的

他是从山上跑下来的，他与我一般大，他应该比我大些，我已经不记得我多大了。他对着我笑，他很英俊，风翩翩而过他的耳际，阳光在他的头上大朵大朵甜美地绽放，有一点点的不羁和颓败，是我所喜欢的样子。他的身上有一种狂放的属于森林的美好气息。只是他很含蓄，不那么张扬，永远安安静静。他的眼睛很深像深秋漂满落叶的湖泊，我爱看着他发呆，或着靠在他身上我就觉得安全，好像这样我

就再也别无所求了。他说我像弟弟，我说你是我的哥哥。我拉起他的手，肌肤相触的时候我觉得这个世界好安静，而故乡的气息就从远方淡淡地漫过来。太阳有时候很烈，他不太爱说话，炙热下他对我说，你热吗？我说热。他说，那我们休息吧！

路有时候真的很难走，曲曲折折，弯弯扭扭，很多的石头和河流。我们脱光了在一条河里洗澡。我朝他哇哇地叫，我说咱两爷们在河里赤条条的，也不害臊。他不说话，像一条鱼一样游来游去，我看着他，心里真的很温暖。

我总是在梦境中回到我的故乡。一次又一次。在黄昏的炊烟里碰见了回家的老黄牛，银鸽子归家的饱满而忧伤的笛声，渐渐暗淡下去的低垂夜色，枯黄树叶慢悠悠地就飘进了我湿润的眼睛。我不知道我是不是已经经历了一场彻底的背叛。当我在远处看见我们家荒寒的老房子孤单伫立在枯萎的高草之后，夕阳溽热在房顶静静燃烧，房梁上丛生青翠的植被，银鸽子沉默地窝在烂青瓦里又倏忽飞上高远的天空。在微微的风中，我突然感觉好冷，好想回家。我也不知道那是不是我也正在经历着一场轰烈而疼痛的思念。

我的泪水不知不觉就淌了下来。村子的尽头，爹爹的哭声重重地回荡在晚风中，而我娘冲撞在夜色浓重的未知的路上，迷失癫狂在血肉相连的切肤之痛中。

我的家，我再也回不去了！

每次我挣扎着从梦中醒来，胸口总是阵阵撕裂般得巨痛，呼呼喘着粗气，额上细密的汗水总也不停地渗出来。他就静静地看着我，脸上是担忧的苍白神情，然后他把我紧紧抱在怀里，我靠在他的胸口，渐渐平静。

那些日子，我总是没来由地伤心。很久很久枕在他的胸口，不愿走开，不愿说话。听着他健硕规律的心跳，斜着头就看见他嘴角泛起落拓的微笑。

可是我们还是要往前走，路也依旧一直在走，浩浩荡荡，没有未来没有尽头的样子，一切都充满了不确定。

也许这就是要为自己的决定所注定背负的重量！

三

天与地一起深陷进那柔软的黑夜的时候，我们停下来睡觉。

我对黑有着天生的恐惧。睡觉的时候，我都要拉着他的手，尽管没遇到他的时候，我抱着一个水壶也过来了。后来一个女人把我们吵醒了。她在黑夜里狂奔，大声地喊着一个人的名字。我立刻挣扎着坐起来，屏息听着。那一刻，我想到的是我娘，为儿子疯狂的母亲在夜色里狂乱绝望，不知所措。可我听不懂她说什么，经过我们时，她用发抖的手按住了我的肩，带着泪水的眼大大地睁着，惊恐又满含希望。

她问我："你看见我的男人了吗？"

我问她："你的男人是谁？"

她晃了下头，想了一会儿说："我的男人是我的男人。"随后推开我，向前跑了。边跑边哭喊，撕心裂肺，痛彻心扉。

我看着她的背影觉得她好可怜。她的上衣已经被满路的荆棘扯破了，浸满条条血污。那边黑暗的丛林里有什么我不知道，但我隐约觉得那里好像透出一种阴森的气息，充斥了死亡的味道，但我又十分清晰地觉察出那里也充满了母亲的气息，无私博大的爱的气息！那么凝重。也许前者只是一个幻觉。我犹豫，我想叫她回来。可是她已经走进那片林子里了。我不能去找他回来，我的路还在脚下生长呢！

我回过头，想摸索他的手，准备再次睡觉。可我听见了他的抽泣声。

我问："你哭啦？"

他没回答，我试探着摸到了他的头，我把他拥进怀里，头轻轻靠着他的头说没事，可是自己都留下泪来。

夜走开后，我醒了，他还在睡。他的睡态格外漂亮安然。我轻轻捏他的鼻子，他从睡眠中醒来，惺忪地眨着眼睛。然后，他半眯着渐渐睁开眼，强烈的天光刺痛他的眼睛了，那里明显布满了血丝和疲惫。他看着我笑，我说："起来啦。"

　　那一刻，我看着他安静的样子，纯净如山涧澄澈的清泉，蜿蜒而过所有的不平伤痛坎坷酸楚。依旧是那般温和，好像生活一瞬间回归到原本的样子，所有的轰烈所有的躁动和狂热都悄然走远，不着痕迹，仿佛从来没有过。我想这也是它应该有的样子。没有那么多的欲望冲动要求，把路走得平平淡淡从从容容也未尝不是一种幸福。

　　我想我终于是错了，盲目追求的生活的别致姿态，只得在匆促的路途中坠下马来。

　　我开始怀念我的小村庄，洁净蓝天下信仰朴实的人们，像天空一样，拥有蔚蓝色圣洁的灵魂和自然高贵的原始气质。他们的生命，是在水中绽放的白莲，与生俱来的安然和平和。

　　我想，也许我更适合做一个安分没有故事的人。

　　路还是一样扭曲着走，随意地，完全按照它自己的意愿。顽强地穿越丛林。我发现昨晚那片黑暗的林子就在不远处，它昨晚吞没了那个疯狂的女人，今天吞没了我的路，我知道我要进入它的腹地。

　　我回头看见他的脸融进了初升的朝阳中。

　　这条路迷失了很多的人，它没有始点也没有终点，永远充斥着未知与不确定，但就因为这样，它也附带来更多希望与可能性。有很多人，固执在那个自以为是的方向和直觉里的希望中。到最后与自己走失，最后的最后也不明白什么导致了如此彻底的失败，他们太相信自己，太低估了上路的代价和艰辛。

　　他轻轻抱住我，把我的头贴在他的胸口。我听见那些来自心脏深处的叹息，带着凛冽的无奈。

　　于是，我们向它走近，两岸丛生的葳蕤植被携起了很多故事，我们似乎清晰地看见那些旅人的身影，孑然而悲悯，像一个巨大的隐喻。我甚至可以看见他们的刺痛和幸福在上空无能为力地悲鸣。我的眼泪瞬间随风而落："要不，我们回去吧？"

他不说话，只是默默地拉过我的手。我的手在他的手中安静地蜷着，那是他在对它说话。我低下了头。

后来，我碰到了一个男人。他背着一个很大的背包，很大，比我的大多了。他的脸消瘦而刻满沧桑，透出苍白，眼神却淡定而从容。他定定地看着路的那头，好像能一直看到尽头。

我问："你背的什么？"

他笑了笑："我背着我的故事！"

"故事？"

"我一路走来的故事，"他没看我，"这条路是一条充满了艰辛的路，我不能总是那么疲惫地前行。生活的方式总是掌握在自己手里。我选择去收集自己的生活，这些故事曾经降落在我的路上，潜入我的生活，我的年华。它们是我简单而枯燥旅程中最大的收获和安慰！看着自己身后的路，那些深浅不一的脚印是如此得昭示着我的成长……"

我静静听他说。呆呆地定住了。我忽然明白了许多。我看着他满怀信心地毅然走去，我的包沉默地垂下来。

他只是无言地看着我，摸着我的脸，一脸温和的怜惜。

那个带着故事的旅人已经深入那片林子。我笑了，拉起他的手。他接过我的背包，笑得很开心。路把我们带进了这片原始的森林，我看见很多的小鸟，花鹿和山羊，在丛林中自由地欢快嬉戏。我蓦然发现这完全是一个另外的天地，在这儿没有压力和疲劳，悲伤和孤寂。只有大自然呼吸的自由和快乐。我们在山冈上坐下来，不知名的花在周身绽放，轰轰烈烈。透明的阳光下，我们很快进入梦乡。

我丢失了我的路！我变成了一只鸟，我停顿在没有方向的无垠的天空里，我有一双自由的翅膀，是的，就是我幻想过的羽翼丰满的银色翅膀。但我急了，因为我发现他不见了。我想大声叫喊，呼喊他的名字，但我的声音是如此的干涩，竟像是那个疯狂的夜女的叫喊一般，那么浓烈的焦急和激愤。难道是这样的，得到一件东西的同时就一定得失去另一件东西？我不要翅膀！我不要翅膀！我挣扎着醒来，梦境悄然退远。我环顾四周，依旧是这青青的草地，小河边游荡着活泼的小羊、小鹿。可是他，他不在我的身边，我猛地站起来。我呼喊着，跑遍了整个山冈。我想他只是去河边捉鱼了，我说我想吃鱼，他就替我去了。待会儿他就会握着鱼微笑着从那边的转角随阳光一起出来。我幻想着。可是他没有。泪水猛地湿了衣襟，沉沉的。他走了，他走了！我瘫坐下来，哭泣。感觉如此的荒凉和无助，是一整个世界轰然倒塌的无助。什么都没有了，仿佛这个世界我是孑然一身地活着。

夕阳慢慢没过来，夜幕绑架了天空。我心里害怕极了。我没有入睡，我在想他，我在等待他的归来。我要醒着，那么他回来的时候就不会觉得很冷。

夜里星光淡淡地闪烁，在我的眼里荡成了晶莹的碎片。很小的时候，娘总是带我在院子里看星星，月色如水，墙下树影扶疏，钴蓝的天空梦境一般悬在头顶。娘说我要坚强，慢慢长，像天空一样，包容得下所有的快乐、感伤、相遇、离别、怨恨和爱，在自己的路上找到自己的幸福。娘的眼角一触碰这些就闪耀着清澈的流光，可我没有学会坦然。面对这些我总是不知所措。所以我逃了，我哭了。

有没有不离别的相遇，有没有不散场的温暖？

这个人，在这个旅程上陪伴了我这么久，我们的感情是如此深刻，彼此惺惺相惜，几乎是彼此的一部分。我曾以为，我们之间即使是岁月流过多年也不会彼此遗忘的，我甚至以为我们会这样一直走下去，到老，到死，笑容依然让彼此感到温暖。他给了我如此多欣慰、如此多安全、如此多安稳、如此多我在一个人的路上所没有拥有过的东西。我把他当作我生命的一部分！有他在身边，即使是再累也不会倒下去的！我真的这么以为的！

路如此漫长，我该怎么去走？我拖着我的背包，漫无目的地走着，心里问自己。

阳光再次挣扎出夜的包围，投在我的脸上，闪着我眼角的泪光。我一直低着头，他的脚最先投进我的视野。我呆住了，眼光慢慢往上抬，然后我看见了他一如往常的笑，那么干净明亮。我用力地甩开背包，冲上去抱住了他。他环抱住我，温和地抚摩我的头。我哇哇大哭起来，我从未如此清晰地意识到，我还是十六岁，我还是一个孩子。我为重逢而欣喜若狂，眼泪再次夺眶而出，我抽泣着对他喊："以后再也不许离开我了，不许了！"他依旧不说话，侧过脸吻着我的额。我又一次感觉到从未有过的安全与平和。

我们一起走，我拉着他的手，摇摇晃晃，蹦蹦跳跳，一路上微笑着。走过了水池，森林，荒田和草地，走进了夜。我靠在他的右肩上，看见满天的星斗调皮地眨着眼睛。他似乎有话对我说，不时神色凝重地看着我。但我还是紧紧握着他的手进入了睡眠。我真的害怕和他再次走散。

可是，清晨再次靠近的时候，他对我说，他要走了。

"我还是要和你告别了。"我没问为什么，眼泪无声簌簌掉落，落在他温暖的掌心里。"这条路充满了光荣的荆棘，以恒定又变换的速度向前奔跑，我已经跟不上他的脚步。我会慢慢沉没，最后无声无息。我很珍重与你同行的这段时光，有人爱，无论是被爱还是爱别人，都是一种幸福。上路，无非也是为了这些。你是如此善良的人，让我的记忆丰盛。你要坚强啊，知不知道？我仅仅是你路上的一个过客，注定同行，注定分别。你要先我而远去。你要知道，你必须知道，在未来的路上你还会遇到很多很多和我一样的人，所以你要继续前行，并且义无反顾。我不会弃失我的路，因为它将永远盘桓在我的生命里，上面刻满你的足迹。自此，我将在我记忆和生命的最顶尖最温暖处遥望你，和你在一起。"

我点头，和他轻轻拥抱。

看着他的背影远去，心里无限惆怅。恍惚想起小村庄突然的大雪，那些温暖的小绒花款款扬在空中，在树梢，在屋顶，在湖泊上，在月光里，将这个世界柔软地拥抱，安安静静的，只听见心里空落的回声。这种思念，异常深刻。娘说，这就叫乡愁。

我转过身看着那条漫漫到遥不可及的路，伸展着游向远方。它使我感到迷惘。

我忍不住回过头去，看见他也正回头看我，但我们不约而同地连忙把头转回来。我背起背包，整理好我的行李和装束，脑海里反复划过的是我们的这段岁月。他使我感慨时光易逝，一下子，我们就这样各自离去。

我踏开脚步，踏上我未知的另一段旅程，踏上我的路。

我仍在心里念叨，让我们期待再一次重逢！

四

我再一次走上我的路。

至此，我终于坚信路真的会一直延伸，我走不完我的路，我也离不开我的路了。那些匆促而决绝的脚步再怎么倔强，始终逃离不了他的方向。正因为路的坎坷和不能回头，注定我们经历这么一个懂得的过程，获得的同时失去，失去的同时获得。

也正因为如此，再庞大的苦难和疼痛也消散不了他的信念，那是他对路的矢志不渝的誓言，坚守它，就像坚守一份爱情。他将永远勇敢地往他的方向走，期待那些路上匆匆一聚忙忙一散的风景。

就这么结束了，就这么开始了！曾经我从爱中逃离，盲目莽撞地丢失了自己，连记忆都不复存在。而如今我开始怀念我的故乡，就算我再也回不去，一如一个人永远无法涉足同一条河流一样。

我也怀念他，怀念那个夜哭的女人，怀念那个背着故事的人，他们让我更加坚定。

我将一直走，向着那些温暖和美好，向着我自己的没有尽头的尽头，在我的路上。

作者简介
FEIYANG

张迹坤，秋天生的狮子座男生。性格里有着一半沉静与聒噪的混合体，另一半未知。很多时侯感慨此去经年里的繁盛记忆，一个印记。一种昭示。却什么也留不下。总无由来地对身边的人事恼怒，容易对生活失去一部分热情。（获第十一届新概念作文大赛二等奖，第十三届新概念作文大赛二等奖）

其实我们都很简单 ◎文/刘章鑫

一　小时候

　　我经常会做这样的一个梦，我梦见我自己不停地在一条坎坷的路上奔跑，上坡，越岭，穿过森林，穿过荒野，穿过泥潭。有时候会看见路边出现很多人，他们安静地站在路边，看着我从他们身边跑过，看着我与他们的方向背道而驰。有时候我会在人群里看见一些眼熟的面孔，但是却想不起来是谁，我只是继续向前奔跑，向一个我不知道的方向奔跑，也许是东南，也许是西北，但在那一刻这些似乎都不重要了。有时候我也很奇怪为什么总会做这样相似的梦，就像梦魇吞噬了我的所有夜晚一样。后来我给自己总结了一句话，在梦想是路上，一路狂奔。

　　从喜欢上文学，我就注定要与别人的方向背道而驰。就算是爬行，也会与别人在不同的方向。

　　看一些朋友的简介的时候，总会看见他们在简介上写着三岁认识多少字五岁背多少唐诗的句子，他们还会在六七岁的时候便开始在一些报纸杂志上发表作文。我是一个很笨的人，三岁的时候我还没开始记事，五岁的时候我还没有开始认字。我出生在农村里，整个童年时期都没有离开那个小小的村庄，春夏秋冬，见证着一年又一年的粮食的生长和成熟，见证着村里每一堵泥墙的重修与倒塌。那时候，对于我来说，世界有两部分，一部分是我们的村庄，另一部分是汽车来自的地方。那时候我告诉自己，有一天，我要去看看汽车从哪里来的，这是一个儿童心底萌发的第一个梦想。

我们的学校没有幼儿园，我是九岁开始读书。我们乡下很讲究读书的岁数的，基本上所有的孩子都是八岁开始读书，因为九岁的"九"字与"狗"字的方言发音一样，但因为我八岁那年家里没有几百块钱报名，所以才比别人读书晚了一年。大人总说，九岁读书会被狗吃了知识。所以村里的大人都说我肯定不是读书的材料了。我们小学的学校生活很现在的小孩子的生活不一样，我们没有课外书，也没有学习资料，每个学期的几本课本就是我们所有的书籍了，所以放学了就可以去玩耍了。

小学四年纪的时候，我开始喜欢诗歌。但那时候我并没有读过多少诗歌，只有课本上寥寥无几的几首唐诗。我用学校发的奖学金买了一大堆的笔记，在放学之后就会躲在角落里写一些乱七八糟的古体诗句。写的那些诗句我从来不给任何人看，只有一次被我父亲偷看了，他问我从那些抄的诗句，我鼓起勇气和他说，这是我写的。他笑着说："抄别人的也说是自己写的。"那件事情让我的情绪矛盾了很多天，他说我抄别人的，我很难过，但是他间接地肯定我写得很好，我又很高兴。当然，事实上那时候写得很差。如果现在有人把我以前写的东西出来，也许我会有谋杀他的想法。

那时候我母亲总和我说，人出生在农村里命运就都是一样的，长大了就种地。母亲带我到邻村见了一个算命先生，他五十多岁，头发梳得很整齐。我们刚进门他就招呼我在他对面坐下，他说，男左女右。我只是怔怔地看着他，母亲急忙提醒我伸出左手。先生一只手托着我的左手，另一只手用食指在我的手掌上比划了很久，然后把我的命运婚姻运气出生死亡一一道来，母亲坐在旁边频繁地点头。要走的时候我鼓起勇气问了先生一句话，先生，手掌里的掌纹就是我这辈子的命运吗？先生微笑着点点头。我说，那如果我紧握起拳头，那掌纹就被我紧握在手中了，那我是不是就把命运紧握在手中了呢？先生突然怔住了，母亲显然没有听懂我在说什么，看见先生脸色不好急忙拉着我离开了。后来我离开了村庄到县城读书，也没有了先生的消息，后来才知道，我去县城不久他就出车祸去世了。

二 教育

小学六年级，我转学到了县城的一个实验小学。从那时候开始，我特爱学习。我所谓的学习不只是在课堂上在教材里的那点学习，我喜欢看报纸。我那时候住在我姨夫家里，姨夫的房子的对面是区委会的办公楼。我很喜欢到那里去，因为那里订了很多报纸，都是人民日报之类的新闻报纸，后来我姨夫知道我喜欢看那些报纸之后每个月都到那里和村干部要了那些过期的报纸拿回家给我看。我在一开始已经说过，我是一个很笨的人，认识的字不多，但那时候总在报纸上看见一个词语，专家，我对这个词语百思不得其解。正在读初中的堂哥曾经告诉我，古人经常写一些通假字，也就是用同音的或者形似的字代替他要写的字。我就在想，专家和庄稼的发音差不多，难道是一个通假词？我姨夫看见我在边看报纸边纳闷就问我怎么了？我说，我不明白为什么那么多庄稼不在地里呆着，总跑到报纸上走来走去。

后来我才知道，不但庄稼喜欢在报纸上走来走去，还有教授、博士、研究生、作家、诗人等词语都喜欢在报纸上走来走去，有时候他们不但喜欢在报纸上走来走去，他们还喜欢在别人胃口里走来走去，导致很多时候我们看见他们都挺倒胃口的。事实上我们很多人的梦想就是这些专家帮我们制定的，他们告诉我们前面的路应该这么走，我们应该往哪个方向走。大人总和我们说，我吃的盐比你吃的米还多。当然，当我们长大的时候，我们开始知道，吃的盐太多的人不但会容易引起心血管疾病，还会提前衰老。以前，每当我提出一个想法的时候，父母或者老师都会在第一时间否定我的想法，他们说，你还小，不懂。

我说，有一条路，路下面的泥土里埋着大量的黄金，有一个人每天在这条路上走一万遍，有一个小孩子拿一把锄头在路上挖了一遍，你说谁会挖到黄金？他们说，你这是谬论，没有哪个名人或者专家教授这么说过。

因为那些报纸，我开始变了，变成了大人经常说的一个词语，叛逆。我成了一个叛逆的孩子，而且是一个喜欢文学的叛逆的孩子。进入初中，我一个人在学校附近租了一个房子。家里不富裕，所以给的生活费都是计算得很精准的，不是准确，而是精准。但是，那时候我发现在南湖那边有两个旧书摊，所以我开始每天不吃早餐，中午吃一包七毛钱的泡面，把这些省下来的钱全部用来买书了，每一个星期会去三次旧书摊，每次都带回一大捆的书。这些书中有诗集，有诗刊，有小说，甚至有学生作文，可以说是无所不有。

初二的时候，向一家报纸投了一首诗歌，结果发表了。那时候真的很高兴，不幸的是没有收到任何稿费。所以，当很多年之后，一些朋友谈起自己的处女作的稿费是多少的时候，我总会说，我的稿费是一个未知数。在发表了一点豆腐块之后，我越来越视文学如我的性命一样，有一次我和做出版的符马活聊天的时候，我和他说写作和我的生命一样重要的时候，他把我骂了一顿，他说把写作和生命相提并论的时候就是对生命的不尊重。后来，我的一位恩师问我会不会一辈子不放弃文学。我说，我会。他说，那文学能让你活下去吗？文学能喂饱你的肚子吗？

老师的话确实让我想到了很多事情，从那天开始，我开始改变自己。我和自己的一些朋友组织了一个学生的文学社，还办了一份报纸，很艰苦，但是那个文学社的社员达到了一千员左右，我们的报纸也成了很多人喜欢的读物。中考后，我没有到录取的高中报名，而是彻底地离开了学校。很多人问我为什么要退学，我说因为我讨厌学校。其实退学更多的原因是因为我的家庭。

从学校里出来之后，我又开始和朋友办另一份更大的民刊。同时为了维持生计，我还在保健品直销和小学家教等很多兼职工作，每天都是白天做直销，晚上做五个小时的家教，在别人睡觉的时候我开始做民刊的事情和写我喜欢的文字。但是后来我们的民刊却被迫解散了，我也选择了离开家乡。从此开始了背井离乡的生活，去了很远的地方，周围都是陌生的人、陌生的语言、陌生的环境。

顺便说一下，我并不提倡学生退学。80后著名作家韩寒高二退学，高中没有毕业，这是这个时代众多学子的偶像，很多人梦寐以求这样的生活，总想着学韩寒离开校园，这是不可取的。读书不是人生唯一的路，但是人生必经之路，韩寒高二退学，但是你能说他在写作方面只有高二的知识吗？如果有一天，你所学到的知识比他还多的时候，那么你就应该退学，到社会上学习。韩寒的知识除了来自他的天赋，我觉得更多部分是来自他在学校里的学习，比如说他所懂的汉字几乎都来自于课堂和书本上。知识不是用学历程度来衡量的，但是更不是来自无所事事与叛逆。

中国的教育制度确实有很多问题，但是我很少批判中国的教育问题，因为我觉得我们的教育问题大部分不是来自制度，而是来自我们自己。中国的教育目前确实是很难改革的，尝试了很多次的改革，但是效果都不是很明显，问题出现在中国人的思想观念上，如果有人把国外最好最先进的教育制度搬过来，我们中国人会照样接受不了，我们会继续骂制度怎么不好怎么失败的。我们大多数的学生接受不了现在的教育，换一种教育同样接受不了的，他们接受不了的是教育，而不是什么样的教育。

三　打工生涯

那时候我还没有满十八岁，一个瘦小的少年，我去了一个很远的城市，进入了一个工厂里面，在里面做杂工。在那家工厂里面我的手指也被机器压到了，两个很大的铁轮把我的左手夹在里面，动弹不得。

五指连心，疼痛一阵一阵地袭来，就像电钻一样穿过我的心脏。我没有尖叫，我只是安静地用把机器倒开，慢慢地把变形的手拿出来，身边的工人继续着自己的工作，机器的声音也没有发生任何区别。我到楼下找到了老板娘，我说我的手指被压了，她立刻破口大骂，然后问我机器有没有事情。她拿一瓶药水给我让我自己擦擦。我没有接过她的药水，我说，现在动不了了。她说，每个人都是这样，没事也说有事。最后她拿了一百块钱递给我，说，接给你一百块钱，你自己去看看。

我自己拿着一张破旧的百元人民币走在街上，街上人来车往，我却举目无亲。我告诉自己，只是几个手指而已。手指一时痊愈不了，所以很多工作也做了不，所以老板娘决定让我走人，结算的工资是400元，扣掉了借给我的买药的一百块钱，剩下300块整。那一年，我的手指一分钱也不值。幸亏我的手指并没有被压断，一个月后终于痊愈了。

城市越大，我们就越渺小，直到最后，渺小得让自己都感觉不到自己了，感觉不到自己的心跳，感觉不到自己的存在。但是只要你还在这个城市里，你就需要想办法生存下去。为了生存，我做了各种各样的工作，招牌安装工、清洁工、服务员、推销员、工厂流水线。那时候，我总感觉自己像一具尸体一样，我想找一个角落躺下来，我想安静地躺一会儿，我想躺在角落里一言不发。

在一个不熟悉的老乡的推荐下，我进入了一家鞋料加工厂里，我和两个和我同龄的男孩一起做杂工。那时候我们上班时间是这样的，我们睡觉到早上十一点钟，然后不吃任何东西就开始上班，中午两点钟的时候简单吃一点，然后继续上班，六点钟的时候半个小时吃饭，然后继续上班，然后继续上班，半夜十二点吃二十分钟夜宵，然后继续上班，直到早上七八点左右。睡觉时间不到四个小时。

我在里面坚持了差不多一个月，却无故被一群人找麻烦，他们都是一个地的人。我去找厂长说了这件事情，厂长说，别怕，你也知道我们厂的老板是黑社会老大，他们绝对不敢在厂里动你，但是他们如果在工厂的门口外打你，我们的老板就不会管了。事实上，我们每天必须出工厂的门口的，因为饭堂在外面。所以我决定离开那家工厂，而且在离开之前，我差点被那群人打废了。直到今日，我依然想不明白他们为什么要找我麻烦。后来我又去了另一家工厂，做流水线，十七个小时左右的上班时间。

拼命地赚钱，存了一点钱之后，我开始想做一个书店。和父亲拿了一点钱，也和朋友借了一点，终于把书店开出来了。我以为我的梦想离我越来越近了，事实上却不是这样。半年的时间，我的书店血本无归了。

四　家庭

前几天和于潇聊天的时候，他说他现在开始抽烟了，而且抽得很厉害。我说，你以前不是不抽烟不喝酒的吗？他说，你受到一些刺激就开始抽烟了，你现在不抽烟只是因为你没有受到一些刺激而已。

书店倒闭之后，我开始全心全意地回到写作上，同时做一些小杂志的编辑。我开始写自己的第一部长篇小说，叫《死于孤独》。《死于孤独》的每一个细节都是我在深夜里完成的，半夜的时候键盘的声音总是特别大，我试图冷静地去述说一个关于小小的故事，我试图写出一个戏剧化的故事，但是我错了，我的眼泪真的已经完全不受我的控制了。很多次因为我的眼泪让我不得不停止了写作，关了电脑，躺在床上睡着了眼泪才会停止。

说一句实话，我在写的过程中哭了并不是因为我写得太好了，我并没有那么自恋，也并不是因为我脆弱。其实，是因为一个女人，我母亲。想起这个女人我的眼泪真的没有办法学会坚强学会强忍，在写的过程中，我弟弟和我妹妹都过去了海南那边，我父亲常年在那边，我又在惠州这边，而家里就剩下我母亲一个人。在我弟弟过去海南之前我就担心我母亲一个人在家里会孤独，然后我就叫我弟弟把手机放在家里，我有空的时候就在电话里陪陪她。

我差不多每天就抽时间陪她打一会电话，但是一说到我的父亲的时候她就哭了，关于我父亲的一切都能让她的眼泪无止境地流。有一天我在和她说起我父亲，我听见她一直在抽鼻子，我知道她哭了，但是我假装地问她，妈，你感冒了吗？她说没有。我说，那你怎么一直在抽鼻子啊，鼻塞吗？

她说，一说起你爸我就受不了了。

其实我父亲在重婚，她把我母亲丢在乡下，一个人过去海南那边再找了一个老婆，还生了三个小孩子，而且我母亲和他一直还是婚姻关系。那个小女孩，也就是我的同父异母的妹妹，那天加了我的QQ，她叫我说，哥哥，你在吗？哥哥，你吃饭了吗？哥哥，你在哪里？她永远不会知道，那一刻我已经哭了，哭得稀里哗啦的。小时候我最害怕听见一句话，那就是很多人经常和我说的一句话，你父亲不要你了。

很简单的一句话。

五　未来

在文学的套路里，写了一大堆的坎坷经历之后，这个人一定会获得成功。但是这篇文字却没有结局，我只是一次简单的回忆，也是唯一才一次。对于我二十年来成长的一次记录，简单得不需要任何掌声记录。

作者简介
FEIYANG

　　刘章鑫，笔名符虚，男，广东人，生于1990年。初中学历，低级知识分子。曾担任多家民刊主编副主编等职务，年少的时候多次在省市级有作品获奖，有少量作品散见于《散文诗》《创新作文》等报刊。(获第十三届新概念作文大赛二等奖)

你还在 ◎文/向夏

你去了。我忙着你的身后事。

　　说是忙，不过名义上的，一来我还小，二来妈还在，她虽也没经过什么大事，好歹勉强在这方面比我经验丰富。

　　也都是亲戚朋友在张罗这些事，我仍是不认识他们的大部分，上辈的交情到这辈也就淡了。常常是他们见了我笑着眯了眼逗小猫似地问我："记得我吗？"我也总支吾着尴尬地撑起笑，怕被人发现似地摇摇头。还好有大些的哥哥姐姐，你那边的亲戚我便跟着哥哥的叫法叫，妈那边的便跟着姐姐叫。也记得你曾经拍着我的肩让我叫这个叔叔那个伯伯的，眼神里鲜少出现的骄傲，沉重的黄色的皮肤皱起来，挤成一堆笑纹。

　　你的丧事办得极简便，没开土场宴席，没吹拉弹唱，没送魂哭喊，没有那些夸张的戏剧戏码，只记得你被送回来的时候装在一个盒子里，真真像个盒子——我很小的时候你买给我过生日的蛋糕盒，那种圆形白色塑料泡沫的盒子，还不是现在常用的环保方形纸盒。关于这些盒子，倒还有一些琐碎的记忆，记得你妈妈，那便是我奶奶，往往是蛋糕买回来后第一个抢着预订蛋糕盒的。吃完的蛋糕盒她便用来装她做的各式吃食，夏天焐在里面发酵的酒酿，冬天存在里面保温的红薯，还有时不时出现的花花绿绿的杂粮饼。记得有年生日你买给我的蛋糕特别大，我快乐得丢了魂，急急去端存在冰箱里的蛋糕，不知蛋糕的托底和我抱着的上部分的盖子是不是连在一起的，就这样糊糊涂涂地把整个蛋糕摔在了地上，我吓得傻了眼，你却反常地只是笑我。还记起关于你的点点，是你曾经在蛋糕厂工作，初中毕业后的第一年夏天，摔着汗珠在工厂里打鸡蛋。我喜欢看你打鸡蛋，左手扶着的碗定是与桌面有一个恰到好处的斜角的，右手熟稔地把筷子撑开一定角度，然后飞速地旋转，筷子与碗壁有好听的声音。我梦想着能练成和你一样的本事，你却告诉我打鸡蛋是痛苦的回忆。

然而你着实是被装在棺材里的，怎么到了我眼里就成了盒子了呢？

你是出意外走的，被什么东西炸烂了五脏六腑。我没多问，对我来说不过是你去了，你怎么去的，我又何必去纠缠那么多呢？闲闲碎碎旁人在说，说你肚子上有窟窿，要专人藏好了肠子放进棺材盒。我听着竟一瞬间觉得恶心。

早上起来我刷牙，雪白的陶瓷洗脸盆上星星点点粘着的是你先前刮胡子留下的胡渣，柔和的底色映衬下有些扎眼。我咬着牙刷和满嘴泡沫凑近了脸去闻那胡渣，淡淡的，好像有我给你买的须后水的味道，再闻又好像没有。耳边恍惚听到你跟我说："我去出差，下星期回来。"我点点头。你背后是高照的艳阳。我紧紧冬服，发现那是半年前的幻想。

又想起来你带我去办电影卡。暑期档后的不久，我跟你说起某部精彩的电影，说想再去看。你算着电影票钱说不如办张电影卡。我心里喜极，想的是约朋友出去看电影能多出的许多方便，嘴上却只说好。你开车带我去电影城，从驾驶位上微微转过头跟我说："我去停车，你去办卡。"我动动嘴角说好。看你开车往地下室。你不知我一看你走便忍不住跑起来，冲向电影城，掩饰不住地快乐。

再细究这些零星的事，竟又模糊起来了，好像看见是你拿着办好的电影卡春风得意地从电影城像我走来，穿一件我不曾见过的灰色长风衣，带一副墨镜，样子和我看过的你二十来岁时的照片上的如出一辙。

按当地风俗，灵柩是要在家停几日的，便有黑色的小轿车开着你的棺木从殡葬公司送你回来。我看你的棺木，不是送走太婆时用的裹天鹅绒的简易纸板盒，真家实货的实木棺材。我仍疑心你躺在里面不舒服——棺木太深，定是很难看到外面。然而棺木的盖子是紧紧盖着的。怎么没人问我一声想不想再看看你？但我自己也是没勇气去掀开那沉沉的黑木的。

这日有许多帮闲，摆灵台放蜡烛。我疑惑为什么丧事要一办再办，入殓后还要头七，头七后还有七七，徒增他人的伤感，疑惑里还有掩不住的恼怒。

饭桌上和哥哥随口地谈，讲极琐碎的事，说奶奶做的饭太烂。聊得怂睚，又不敢吃太多，向哥哥说这几日陡增的便结苦恼。说奶奶肠胃不好，你也是，本以为到我这辈养养好是定不会再出差了，没想到哥哥也常常闹肠病。我前些年也还好，最近也不知怎么的有便结。大约血缘里的东西，是怎么也抹不掉的吧。

你走了，我第一个想到的是妈。年下我就该去上大学了，若考不好则有一大笔钱要出，若考得上理想的学校也定有大开销。往后家里只有妈一个赚钱的了，又要供我开销。你和妈的存款可够？你曾说若实在艰难就把手里的股债都卖了。记得当时你是被妈狠狠骂了，说要是单为了我上个学要这么折腾那也没读书的必要的。沉沉的压力一下落在我肩上。妈又说大不了到时卖一个门面房供我读书。你点头。我的心里也一下松了。

你的事还在办。我想到了卖车。

原来你在的时候嚷嚷了几年买车，然而家离你和妈工作的地方又都不远，从小到大家里也不曾有远游的习惯，回想起来竟从没一家三口出游的经历。你又是职业的司机，公司配给你的车使用也自由，于是你买车的计划被一再勒令，只当那是你任性的要求。直到前年妈也考了驾照，你买车的事才又"死灰复燃"起来。最后有天早晨起来看到茶几上放着一张大额的发票写着车子的型号，冒着冷汗觉得你是背着妈偷买了车，闯下了大祸。其实你再任性无知，好歹也是结婚十多年的人了，这些事还是不会这么独自武断的。妈回来后是淡淡地笑，说："车买好了？"话语里带的竟然是骄傲。

"还用多说！"你回答，"一次付清！"

从此又有了享受你开车送我的权利。

很小的时候是经常坐你的车的，你每日载我去幼儿园。那时小轿车还不是那么普及的，孩子们也不知为何多是有晕车的毛病的，然而我却不曾有过，每每春游看别的小朋友吐得天昏地暗我便能昂着脖子说："我从不晕车！我爸爸天天开车送我，早坐习惯啦！"其实那时你开的不过也是公司的车，我却生出自私的骄傲来。因为坐车，从小养成了听电台的习惯，稚嫩的声音、不准的音调总哼着你爱听的那个电台的台歌。有时你放卡带，范晓萱梁咏琪任贤齐不停地唱。还有我听不懂的粤语闽南语——我是不知你也听不懂的，只知在你车上便能听到那些歌。

关于你的车，你知道的，还有带眼泪的记忆。我腕上不大不小的一个疤，是你烟头留下的痕迹。小时你抱我下车，手里未熄的烟头意外地触碰到我的皮肤，"滋啦"一声过后是我的哭声。

你皱皱眉头复又轻笑起来朝我说："这有什么好哭的！"

长大后我问过你这事，你说不记得。我说出时间地点你也仍摇头。你又诧异，说按我的记忆那时我不过四五岁，怎会把事情记得那般清楚？我当你的话是狡辩，急急地肯定自己的陈述。我也只说不记得，眼神里也不曾有一丝亏欠。

还有小时你常常要抓我。我留恋奶奶家外婆家，往往一去便沉浸在她们的宠溺中不肯随你回家。你先是劝我，我不听。后你又推又拉我便哭闹不止。最后你粗暴地抓住我往你的车里丢。你把我从副驾丢进车里，我便不等你绕回驾驶席又从后座上爬出了车子——小孩子的身躯你又怎么能捆得住呢！你便气急败坏要打我，我跑向我的救星们抱住她们的腿死死不放，把眼泪鼻涕都亮给她们看。于是"老黄伞"们又都撑出来了，跟你说让我再多住几日吧，不可以打孩子，你也有耐心点吧。印象里我的诡计是次次得逞的，那么我最后又是怎么回家的呢？

记忆有差错么？也许你是对的吧！

后来我大了，你公司也开始车管，你不再送我。中间断档了十来年，我突然又得上了晕车的毛病，虽不至于上车就吐但也常常头晕。坐你的车倒不晕，于是才发现不是自己不晕车是你车开得异常小心——油门的给送、打弯的大小都顾足后座的人。我也怀疑过这是不是你的职业病，复又自私固执地认为是你对我的特殊照顾。去年开始又偶尔能坐上你的车，是因为夏天中午太阳太毒，我中午回家吃饭你怕我中暑，中午送我，晚上让我自己走回家。你开公司的丰田，后座的门是可以由驾驶座控制的。我坐你的车总喜欢你给我开车门——虽然我自己开也不过是一个动作的事。

你总说等我高考完便让我去考驾照，我很不屑。小时你常把汽车钥匙交给我让我发动汽车教我踩油门，我的自我感觉中，我是会开车的。

妈总是抱怨你，特别是她考驾照没过的那次，骂骂咧咧地说家里白养了一个职业司机。

我和你相视无语地笑。我们都知她是标准路痴，而且机械感极弱。她倒车进车库都常常要我告诉她怎么打方向盘，没过考试哪儿又是你的错呢！

我和你也常笑妈，说她的驾照考来是当了摆设。

我想车卖了也好吧。

你走了，我想到的是我的写作终于有大事可做材料了。

我去考试，应试的文章总需要大事来给积蓄的细节做情感的爆发点。身边至亲的人都健在，参加红白喜事，往往事件的主人公都不知是谁，然而这次，确是唇齿相依骨肉相连的事了。

你走了，我想到的是妈的后半辈子。

我要给他张罗个新丈夫吧，要有人来填补我的父爱吧。我原打算是北漂，妈就托付给你照顾。妈还年轻，我怎么忍心她一个人过下半辈子？

你走了，我想到的是曾经做过一个梦。

梦里你卷进谋杀案，被残忍杀害肢解，装在麻袋里被拖回来。我不信你的结局，死命掐自己的脸确认事实的真假，果真是不疼，心里释然的狂喜。

你走了，我想到的是要不要跟朋友提这事。

我是要用云淡风轻的口吻像《父后七日》那样靠着谁的肩在什么嘈杂的场合说一句："哎，我老爹他挂掉了"，还是要把你的离开当成秘密找一个树洞悄悄地倾诉然后掩埋起来？

……

殡葬公司的人又来了，开着你曾经无数次用来接送我的那辆老式车要送你去火葬。我怎么能容忍呢？他们随随便便参与只属于你我的记忆。

车门打开了，司机先生弯下腰拉动你的黑盒子，他转过头朝我望，带着和你的照片上一样的墨镜，我眨眨眼仔细地看，司机先生竟成了你的样子怔怔地望着我呢！

我张张嘴，喉头没有一个音节。

阳光好刺眼。

我睁开眼，从窗外射进来的阳光直直地照在被窝上。眼睛干涩地生疼，我明白过来，是梦。

我嘟哝了一句："我又是有爸的人了。"

意料之外的眼泪倏忽而下。

作者简介
FEIYANG

　　向夏，真名黄烨，女，1993 年 3 月出生于上海边际的江苏小镇，双鱼座，命中注定缺火。钟情于影响音乐文字以及"梦想"二字。(获第十一届新概念作文大赛二等奖，第十三届新概念作文大赛二等奖)

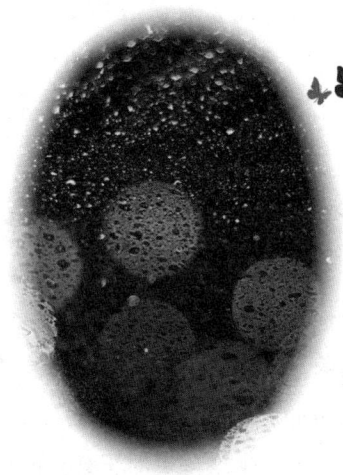

第 4 章

阡陌红尘

我张望的眼神无比怯弱而惊惶，仿佛在隔岸观望

他们的幸福，聊以自慰

河流消失的地方　◎文/张迹坤

一

　　在我生活的城市流淌着一条河流，蜿蜒曲曲而东。夏秋季节翻滚的潮涌是记忆里永远鲜活的画面。那些日子，我恰巧满了十岁，经历了人生第一次死亡。显然这般稚幼的年纪里对于死亡的概念是懵懂而未知的。河流穿越城市的腹地，带走了一些破烂与工厂排出的污水，也带走了一个十岁孩童对于死亡的认知与恐惧。那是一只摇摆的手，最后无力而颓废地停止抗争后沉溺于无底的渊。

　　河流是一个虚幻与现实集合的概念。我所经历的河流体验这样昭告我。在经历死亡之后，我时常做着这样诡谲的梦境，河流扭曲着流经沙漠之后淹没大地之下所有的村庄，而城市却在寂静的深夜里狂欢。十岁那年的河流一直脾气暴躁，她时而平静温婉，制造祥和的假象，时而愤怒异常，翻滚着汹涌的波涛拍打攻击坚固的堤岸。在之上小心翼翼行驶的船只整日提心吊胆，顺应着她的习性不断改变航行的路线。在我的意识里，那是一条生存的路线，借以抵达温饱，或者纯粹的安定祥和，这只是他们谨小慎微的希望与目的。

　　那些扁扁的船只时而发出绵长刺耳的尖叫，犹似一种呐喊，是被河浪翻腾所胁迫的挣扎。我隔着家中靠河堤的阳台，遥望风雨变幻无常之中手足无措的船只，他们的脆弱时常让我惊叹。他们不属于这个城市，他们只是短暂停泊，凭借河流或者城市的仁慈避免夜晚的迷途，换取一次沉睡和休整。他们的路程从不踏上坚实和包容的大地，在我看来，他们的血性灌注于水中，水孕育着他们的生死和悲欢，也包庇着他们的脆弱和敏感。他们与河流的情感与生俱来不容置疑。

我的窗台朝东，每日清晨灿烂阳光射向我的棉质窗帘，唤醒我的沉睡，我可以从翻飞窗帘的罅隙里瞧见河流之上的喧哗与躁动，一些女人的厉声尖叫或者嘲笑空空荡荡地回响，并没有任何实质。她们是途经城市边缘的过客，从遥远的山区或者贫瘠的地方辗转而来，他们注定与城市的格调格格不入，城市费尽心机地排斥他们，但是她们从不以为然。这是一种对于自身的肯定还是另一种意义上的无知，我无法得知，我难以揣测她们身体或者灵魂上背负的关于贫穷与鄙贱的烙印于她们自身的消极意义，就如同我在懵懂中于自身的怀疑一样。

我的父亲在城市的工厂上班，我的母亲在市区的一个工厂当领班，我在市立小学接受义务教育。我家拥有城市的户口，从某种意义上来说，我是一个城里人，但这并不足以构成骄傲的资本。我的父亲酒酣脑热之时不断灌输我以祖先根系之说，在他手舞足蹈的回忆中，我得以看见家乡贫瘠的山沟里依赖土地而苟且的乡亲们。我的父亲一再强调我生于乡村，血统纯正，永不能相忘。他的呵斥是义正言辞的命令。这种变相的身份确立使我变得唯唯诺诺，让我在潜意识里组构着与城市的距离，这段距离花费时光和耐性去跨越。

未知的家乡，包孕我根系的土地，我从未相见。我的父亲在怀念和推崇它的同时也在竭尽心机地避免它，这是我在得以理解父亲之后所得出的结论，过年过节之时我的家中烟雾缭绕，檀香或者冥币燃烧的青灰色烟雾久难消散，一种醇厚并且带有宿命意味的香让人迷醉不醒，父亲跪在朝东的方向，手握着一把香灰，磕头之后额贴着地面不起。

作为后一辈，我无权指责或者抗拒，侧过头时我看见父亲嘴角在痛苦地翕张，而他的眼角老泪纵横。

城市是梦想，获得梦想之后才开始了彷徨。父亲晚年时候一直沉溺于自语，一些梦呓一般的字句从他的嘴角滚滚而出，遗落满地。黄昏时候城市潺热的云霞驱赶房间的阴暗，父亲苍白的发丝闪烁着一股忏悔的光。那时候母亲早已过世，父亲一直强调着，让她魂归故里。

魂归故里。既然身体难以抵达故土，灵魂则必定要返回根系。

九岁那年，我家旁边住进三个外乡人，一对夫妇和他们的女儿。我记得自己是怀着怎样崇敬的心情去探视那一家。在我的阳台上面带着虔诚与胆怯窥探那一个高挑的黑脸女人、那个肌肉发达的大汉和他们声色甜美的女儿，每日清晨我甚至听得见女人倒马桶和男人刷牙干呕的声音。这一切让我着迷，或者说，他们的距离我甚远的故乡气息俘虏了我。我张望的眼神无比怯弱而惊惶。我仿佛在隔岸观望他们的幸福，意欲借以抵达自己。

然而死亡突如其来。我记得那个大好晴天，雨后恰时而出的太阳明媚温情，岸边人群熙攘，顽皮的孩童晃着肩膀上书包追赶打闹。疲倦的白昼即将落幕。黑脸女人跌落在扶栏边的油桶边，径直滑向河中，硕大的水花，求救的呼号在那个表面安宁的傍晚显得格格不入，甚至微不足道。我看见女人浮沉不定，头发湿透，她的手掌飞舞着，犹如一句控诉。她的外地口音难以辨别。她的女儿捞着裙子坐在岸边老旧的乌篷船上，手中拿着一把蒲扇，看起来天真无邪。岸边的男人们抽着烟举棋不定，河中汹涌无常的暗流曾经肢解过一艘重达两吨的铁货轮，这难忘的历史让他们望而却步，也让他们心惊胆战而顺理成章地逃离了自我谴责。

直至女人完全沉没，那只手犹如惊鸿一瞥，女人成为了历史。我却无情地成为了她的一个忠诚的阅读者。

我诚惶诚恐跌跌撞撞地跑下楼，救护车姗姗来迟，女人已经杳无踪影。我躲在窗格后边，小心翼翼地注视着来玩的人群，他们表情丰富，唯独没有哀伤。这让我胆战心惊。我的父亲回家时，手中握着一条白布，在看见母亲后，我放心地放声大哭，鼻涕眼泪蹭在母亲深蓝色的工作服上，这让父亲疑惑不解。

二

那个男人在晚上归家，妻子已如云烟消散。他的门庭前冷落异常，没有慰问，灯光透过檐角，我得以瞧见男子心力交瘁的身形，女孩捞着裙子坐在饭桌前的竹椅上，啃着面条，用奇怪的眼神窥伺她的父亲。她的懵懂也许是这横祸里唯一被允准的抵抗。如今回想，它让我倍感欣慰。

我以为我的父母也许会关照一下那个已然落魄的汉子，在潜意识里我们彼此依靠，因为我们都有一片土地要殊途同归。这曾是我信赖他们的不容辩驳的理由。然而那夜，父亲喝酒后便沉睡，母亲坐在昏暗的台灯里缝补，只言片语都没有涉及死亡。在半夜时候，一阵压抑而模糊的哭音让我惊悚而醒，随着夜风四下飘散显得极其恐怖的召唤让我战栗，我打开灯，河堤上一无所有，猛然地，却出现了那个男人，他点燃的火把火苗随风舔舐，他的哭音抑扬顿挫，显得疲惫而肝肠寸断。我的手臂生凉，我再次爬上来，瞧看那个男人时，他已消失。然而我的脖颈犹如被一根冰杖敲击，我极速钻回被子，熄灭灯光，心跳在静谧中顿重有声。

那是一中极度的不真实，我猜想它冥冥之中牵系着什么，宿命抑或其他。

我看见，那个被溺的女人浑身湿透站在岸边……

这曾是我年少时代羞于出口的耻辱，在无法解释它的岁月里，我犹如背负一份深重的罪责，彷佛在目睹死亡时的独善其身被归咎于了我的胆怯。很多个日夜，我浑身冒汗，黑暗让一切复活。我开始频繁地尿床和虚汗，我的父亲恼羞成怒，在一个冬日的黄昏里，他脱光了我的衣物，咒骂着揍了我一顿。只有心思缜密的母亲一叶知秋，她将被褥搬进我的房门，夜色笼罩之时，给与我最温暖的安心。

这便是我与城市的隔阂！它让我过早地体悟了人情冷暖世态炎凉，尽管这种体悟来自生我养我与我相依为命的父母！我每日小步走在城市边缘的人行道上，身后叫嚣的自行车铃一响起，我便放肆奔逃，这种行为让人疑惑不解。我畏惧它，仅只因为它与尖叫本质的酷似，携着凛冽的侵略气质，驱赶我不安前行，或者说：逃离！

街区的男孩子很快发现我的怪异，在我蹙着眉眼逃窜的时候，他们紧追不舍，吵吵闹闹地喊叫："这小子害怕自行车！你看！"

我于是理所应当地被孤立。但这让我畅快，犹如伎俩得逞一般。我形单影只地度过童年里阴暗的岁月，没有人给予同情。放学时候沿着马路磨磨蹭蹭地走回家的时候，我四处观望，书包在肩膀上左摇右晃，溽热的黄昏里，看着那些面色匆忙的人群疾步而去，乌云压得很低，急雨欲来，让他们眉梢挂着淡漠的忧愁，这也让我倍感快乐。在大雨降落之时，我飞速奔窜在雨滴中间，却并不是急于回家，我只是在体验，与雨的极度亲近，那种亲近感让我忘却时间，忘却一切！

我的老师长着一双斜视眼，在与之相对之时，她永远都像是在心不在焉。所以我怀疑，我从来就没有与之对视过。她厌恶我，因为我是一个让人头疼的孩子。我的作业从来得不到 A，我离群而内向，敏感又多疑。总是对外不信任而撑开自以为是的防卫姿态。我痛恨她，她从不正视一个人的自尊，在她颐指气使盛气凌人的气场下，我呼吸艰难。

而她是一个更纯正的城里人，这是她土生土长的地方，她没有土地，但是在这条河流穿越的城市里，她拥有部分的主宰权。她曾经这样看不起我，她失望的叹息总是这样结束："到底是乡下孩子！"。这让我气愤。十二岁的气愤有些无知，但我对于这种歧视的体验过于深刻。在某一天放学后，我逗留在学校，在所有人离去之后，我久久站在办公室的门口，不知所措。最后，我犹疑着朝那扇绿色的门撒了一泡尿，尿水冲刷木质门，犹如打鼓，最后在地面淌开一片淋漓。

自那之后，我努力变得合群，尽力摆脱体内另一个孤僻的自己。这种努力曾举步维艰，我无法接受一些直白的拒绝甚至鄙夷。但最后，时间让我得逞。我学会了笑和哭，以及其他所有的表情，但我丝毫不承认它们的意义。

那条河流流经我的家门口，在这个码头，我只能看见它的一侧，另一侧远在天边。她给我的印象，曾经异常平和，在朝阳破空的时候，河波间零碎的光亮曾温和地抚摸我的瞳孔。我恍觉那也是一种仁慈。后来我还是独自徘徊在她的周身但是无法靠近，我熟悉的那个汉子依旧在船上做着事，他变得瘦小，面色蜡黄。他的女儿慢慢长大，再也不会捞起裙子玩耍。我时常有这样的错觉，这条河流是横亘在我们与城市之间的，我们无法跨越，城市隐没在迷离的对岸，她为此得意忘形嚣张跋扈。

但依旧有无数的人每日每夜踏上城市的边缘，渴望在这里安家落户。就如同我父亲已然逝去的青春时代。在后来的日子里，父亲再没向我描述故乡，他闲散时候爱双手背在身后，站在窗前眺望远方，很久之后，我才知道那是故乡的方向。与河流离去的方向惊人的吻合！

就如同我，我的父亲从来就不曾属于城市，就算他凭借自己的一腔热血在这里开辟了自己的事业。在这里获得了永久居住的资格。但他从未正视自己的被接受，不屑抑或其他我不得而知。他一直内心孤独，他兴许还在热切怀念那片我未曾谋面的土地。

直至十四岁的秋天，我的母亲不幸死去。父亲在左右为难之后，终于对我表达了自己的忠实意愿。他说：回家！回自己的家！

三

我曾经在年少的梦境里遭遇过我的故乡。我依靠父亲的描述自我构建了一片虚幻的土地，在那里长满茂盛的蒿草，油菜花地一望无垠，老牛与黄昏的烟火，顽皮孩童爬在苦栗树上……母亲的死是一个意外，在工厂的作坊里经年累月，灰尘堵塞在她的肺部，最后结成核。而作坊是正对那条河流的。那条河流见证了我母亲一日复一日对于死亡的靠近。这是对于我们的逼迫，她逼迫我们离去……

父亲为我打包了所有的行李，包括母亲的遗物与骨灰。在汽车沿河流行驶的途中，父亲一点点将母亲的骨灰倾注于河中，我胆战心惊父亲怪异的举动，父亲却压低了声音说：河流……流向故乡！带她回家。父亲的声音已然苍老！

终于踏上土地时，骨灰盒里已经只剩一半。黄昏的云霞肆无忌惮地翻滚，深秋的寒凉一层一层覆灭我的肌肤。父亲却露出隐忍的笑。在同宗的大伯家里，我已不是稀客，熟悉感仿佛与生俱来，我没有一丝拘束与忸怩。大伯与父亲抽着烟，烟雾缭绕让我看不清他们的表情。

最后一半母亲被安置了黄土之下，灰蒙蒙的天色让我想念母亲的脸。父亲失声痛哭，一遍一遍地向母亲诉说自己的忏悔，当初费尽心力背井离乡的过错。让人不忍睹之。我以为我们终于摆脱了城市。摆脱了那条河流。然而翌日清晨我从安稳的睡眠中苏醒之时，父亲却背弃自己的诺言，再次返回了城市。

作为年龄的弱势，我无权追问。我甚至能模棱两可地触及到父亲的内心。那种无奈与矛盾我感同身受。

故乡也有一条河流，穿越我的土地，却一别城市的河流，她安稳、祥和、宁静而古朴，一点侵略的攻击性质也无。不会驱逐，也不会愤怒。甚至在涨潮季节，也仅只淹没堤岸，浅水缓和，犹如她的愧疚。我开始喜爱河流。我试图从另一个侧面探视到她的内质，我想，这是母亲曾经渴望的欣慰！

我的生活变得极度缓慢，一切都不再那般匆忙。每日我沿着河流去学校，阳光灿烂或者雨水柔和，我不会因迟到一分钟而备受谴责，也不会因为乡村的身份而被歧视。我的老师是一个中年的女人，她的微笑那般和蔼，仿佛母亲！

　　她夸赞我的聪颖，我的机智，这又让我坚信，是河流给予了我另一个母亲！

　　父亲定时返回故乡看望我，一些年转眼即逝。父亲的双鬓变得斑白，眼神黯淡无光。背影都仿佛消瘦了。同样，我开始凛冽生长，犹似地里拔节抽穗的麦苗。如今我与父亲一般身高，犹如一种过继，父亲把精血毫无保留地传承了我。然而我们是沉默的，彼此相对，但是无语。他从不向我言及城市的变迁或者种种，看着我，他满心忧虑的同时眼神里充满了骄傲。

　　在十七岁时，我独自前往城市看望父亲，他因常年的风湿而住进了医院。我乘坐着奔驰的列车避免了与河流的交汇，伫立在曾经生活过的街衢，不熟悉与一如过往的不信任充满我略显疲倦的眼睛，我猜想，那一刻，它们一定也是慌张而无所适从的。这让我怀念那个黑脸女人，还有他们声色甜美的女儿。我恍惚觉得在时间的河流之中，我们依旧心心相印，我如今自觉地泅渡至了他们的旧址之上，拥有的是与当初别无二致的心情。

　　我胆怯地打开了尘封的门，弄堂口洗菜的老大妈用满含疑虑的眼神扫视我。如今我已是挺拔健壮的少年，我不会用奔跑逃离。那种怯弱的姿态让我感到鄙夷。我知道，在关于河流的成长中，我终于抛弃了陈旧而猥琐的自己。我大胆地用叩问和反击的眼神迎接她，对视之中，我看见她的苍老一点一点剥落，可是内核已经完全衰败，无法在如河流一般高涨的气焰对峙中独领风骚。

　　我居然再次邂逅了那个女孩，在不谙世事的年纪里她曾目睹母亲的死亡，但是对于死亡的无知让她成功躲避了悲伤。彼时她的羊角辫总是耷拉在肩上，喜欢因燥热捞起裙子，不熟练地摇晃那把蒲扇。如今，她已是亭亭的少女。若不是看见了那个已然苍老的汉子，我绝对不会因她扑面而来的忧郁气息刹那间辨认出她。

　　果然，她对我的返城有些惊异。她用食指指着我的面部，表情稍微显得愉快。然后，她说。我以为你走了就不会再回这个地方了！然后她摇着头，抱着手中盛满米的高压锅悻悻离去。自始至终我哑口无言。远处河流依旧在故作镇静，漂浮的各色船只上，汉子依旧在卖力地工作。

我百感交集地踏进了父亲的病房，手中捧着自己熬煮的鸡汤，稍微淡了些。父亲老了。这句话第一时间反射在我思绪复杂的脑海，当我推开那扇破旧的门，看见父亲半躺在病床上，双手因无力而无措的时候，我险些落下泪水。

父亲只拍拍床帮子，自嘲一般地自语：老了啊，真的老了！父亲已然意识到了自己的苍老。我可以想象在孑然一身的岁月中，他自身体悟了多少无能为力，才最终颓丧地承认了自己的老去。

我在窗前坐下来，阳光恰好映在父亲的脸，半明半暗。而透过狭窄的窗望去，河流诡诈地流淌远去。这让我心慌！

我的母亲已远去，消逝一如一首故乡的歌谣。在相濡以沫的岁月，我们习惯的是缄默。如今我回忆母亲，气息更加熟稔，它代替了母亲。我才发觉我对母亲知之甚少。而当我决定以一个坚强的姿态迎接母亲的时候，母亲已经被分割成两半了，一半随河流而去，父亲曾说，河流会将她带回故乡，而另一半安静地沉睡在她的根系——土地之下。我丝毫不确定，两半母亲是否已经重逢。

在我陷进溟漠的忧思之中时父亲意味深长地打断了我。我料想我将直面的是一段久远的往事。但是父亲抿着嘴角，只吐出一个简短的字句：你母亲的故乡在没有河流的北方……说着，他侧过脸去。

如果我能飞跃到 1987 年，我想我可以更加靠近母亲的河流。在之中自己孕育自己的血胎……

其实我一直没有读懂父亲对于河流的排斥，他不断涉水而过，但他不能也永远不会涉足同一条河流。母亲曾经是高原的游牧民族牧人后裔，辗转来到河流途经的地方。父亲想为她制造一个一如河流般温情柔和的家无可厚非。但母亲没有接受河流，正如河流拒绝了母亲一样,在被河流威胁的日子里,母亲学会了忍气吞声。她期盼的越来越少,最终还是逃不开河流的罪责。

我在镜子前注视自己,寻求一丝母亲高原人的特征,但是一无所获。某一瞬间,父亲已经站在我的身后,昏黄的天光里,他响亮而脆弱地咳嗽。

四

在寄居城市边缘的那些年,我不止一次站在弄堂口的公共水龙头下洗澡,燥热的夏日黄昏,大汗淋漓的我被母亲押在水龙头下,光着身子涂满香皂揉搓。水帘覆没我的眼睛、鼻子、耳朵,只剩下孤独的触觉。那种时刻仿佛置身在水,彻底而不留余地地与之交融,然后难分彼此。

但不是城市的河流。

在回归故乡的时日里,我终于被河流接纳。在河坝大开的时候,我们赤身裸体游荡在水中,仿似徜徉于温暖的羊水,没有对于河底暗流的恐惧。故乡这条河流,更加弱小,也更加单纯,河底不过只是些细碎的泥沙和卵石。水中没有漂浮的破烂,也没有工厂污水浓烈的腥臭。但是不是这般就更贴合了生活与存在的本质?

十八岁。我终于成年。经历高考之后,我得以前往更南方的一所大学。对于生活,我思忖颇久。怀疑就如同一件羞愧的衣裳被穿在身。父亲在夏季的末尾风尘仆仆归来,他的包裹齐全,坐在黄昏的摇椅里,抽着旱烟无比惬意。我隐隐察觉远在城市的家已然被弃。我的诘问在口边,但一忍再忍,无从言说。

我发现一心想要规避的河流风险突然间旋风般袭来。坐在南下的列车上,群山遮蔽看不见水源。但是我确实是在奔赴另一条河流。这是多么可笑的一个悖论!我不得不靠近城市,去获得理想,或者更好的生存。这多么现实,一举歼灭了所有的理想主义。

站在不熟悉的城市面前，我握着我的录取通知书，它已经是一把叩响城市大门的钥匙，或许不久以后我还可以迁往此地，再次获得这个城市永久居住的通行证。这让我倍感煎熬。彼时彼刻，我想起父亲的根系说。我感觉自己犹如一茎漂浮的野草，无根的野草。

在许久之后，我获得了爱情。我异常珍重它，谨防它一如河流的善变和虚伪，把凶险暗藏在冷静的表面之下。我变了。对于河流的偏执厌恶在岁月风尘中渐渐被磨平棱角。我几乎遗忘了它满身的血腥气息，南方总是雨水充沛，这为河流的形成造就了方便。我的城市依旧流淌着一条河流，她沉郁、冷静、无声无息，轻而易举地获得了我的信任。我的女友是当地人，在城市中心度过她生命伊始的21年。我透过她表面的甜美与天真窥探她内心的阴暗，但是我一无所获。时间渐渐改变了我习惯于偏激的判断！

在陌生的城市，我也曾举步维艰，我怀念在弄堂里生活的年月，父亲的小酒，与母亲蓝色的工作服。那彷佛是一个更为单纯的世界，而如今我独自面对。我曾经畏惧和拒绝的，如今云淡风轻，那些幻觉也终于停息，实质上，他们早已停息，在我日渐冷峻坚硬的生命里落下了虚弱的帷幕，再也伤不到我。河流仿似自己在向我逼近，我必将浸入她才能与自己相遇。或者，重逢！

岁月改变了什么？我想不仅仅是父亲年轻的脸。就如同他必须在我年少时告别他一心想回归的土地，前往城市，前往那条河流，在积攒满我的学费之后，才能了无牵挂地归来，而此时，他的锐气与锋芒消失殆尽，咳嗽透着盲目的无力，不再是挣扎，抑或反抗！

在毕业之后，我的导师极力劝服我留校助教，这位比我父亲更老的女人，脸庞似乎闪现着隐约的高原人特征，浓眉大眼，眼睛很深，貌似我的母亲。那一刻我曾动容。但我还是谢绝。我如今更加年长，不知不觉泅渡至了父亲曾经理想泛滥的年纪，他在很久之后追悔不迭自己曾以为执迷不悔的决定，那种坚决充满了年轻气盛的自由、意气风发与豪迈，传承予我，就演变成了理性。尽管这种理性实质上也是理想主义！

我的女友为此和我闹得天翻地覆，我珍存感情，因为我希求稳定，不希望变故。但是感情与我的理想冲突了，我也无从取舍。

她理直气壮地一再强调未来，蜗居乡村的劣势。但我执拗，一心只想返回故乡。她在绝望之后用我曾畏惧的语气攻击我：你就是猥琐！躲进你的土地和河流吧！然后她哭着愤然离去。

我就这么一无所有返回，丢失爱情与未来，只有微不足道自以为是的理想。只有父亲欣慰地接纳了我。他的眼角簇拥着皱纹，咳嗽更加无力和柔弱。我彷佛兜兜转转完成了一个圆，最终还是归至原点。但我发现，我依旧未能遭遇自己。只有那种水性依旧没有更改，在夏日温凉的午后，我跳下河流，窜进深处，屏息静气的瞬间，时间一秒一秒地从我耳边我眼角滑过，不动声色，好似根本不存在的一种虚无。

五

我总是试图在梦境与现实的罅隙里接近河流本身！

河流，它的意义何其宽泛？如果山是大地的骨骼，河流就必将是大地的血脉，相形之下，河流更具灵性，她的柔软，她的流动特质都赋予她婉约的气质，就算是表面。她可以漫长，可以简短，可以淹没，也可以漂浮，可以洁净，也可以肮脏，可以掩藏，也可以水落石出。她的寓意太过广博了，岁月，历史，生命，时间……貌似她已然被外物化，但是我仍坚信，河流是具体的，不只为她包含的水流，泥沙或者卵石，更为她由柔软与脆弱组合起来的坚硬而充满侵略气质的内质！

河流并不只是潜伏在一个角落，河流总是由高出流向低处，在最终，终究会交汇，完成他们的不期而遇。我曾厌恶带给我死亡恐惧的河流，她也终会有一天涉过茫茫原野与山谷，经历风雨变化最终入海。所以我又有什么理由把自己的厌恶与怨怼强加于她？

母亲的坟墓在村落的东边的山岭上，一块向阳的坡地，围绕着挺拔的雪杉，墓碑上什么也无，母亲的藏族名字早就在十年风雨中被风蚀，无人能忆。于是父亲让母亲保持了沉默，在父亲依旧坚持的观念里，落叶归根！这是最幸福的终结。可是母亲的故土在遥远的高原，于是父亲让一半母亲栖息在河流中，河流是动的，在所有河流交汇的时候，会把母亲的精气与灵魂带回去。

时隔五年之后，我途经幼年时居住的城市，幸运的是，那片老弄堂还在。矮小，沧桑，矗立在一片高楼玉宇之中，显得没有生机。而那条河流却奇迹般地消失了，再也没有看见影踪，好似从来没有存在过。市政建设填满了那条河流？河流会妥协？我疑问重重。

我坐在了曾经河流骄傲的地方，身边是一栋没完工的楼盘，阴影投射在弄堂口，在那里，曾经一条鲜活的生命归于寂灭。我放佛再次置身在多年以前的那个黄昏，那只无力摇摆的手，旁人的犹疑，救护车躁郁的吼叫……一切恍若隔世。

而她还在。曾经的船上挑夫的女儿，在幼稚年纪里喜欢捞起裙子摇蒲扇，眼睛与声色里饱含对这个世界的未知与探询的女孩。我蹑手蹑脚前进，踏在青石板的巷弄之中，隐隐听得见自己的心跳的回声，也如往事的回声。她坐在一条板凳上，身旁坐着一个大约两岁的孩子，怀中的另一个贪婪地吮吸着奶水。远远地，我看见她眼中无谓的光泽，一些曾经灿亮的对抗欲望不复存在，她终于败给了俗世的生活。

可是，她为什么还在？她曾经随水而来，为何不离去，返回她的土地？

　　河流消失了。但她留下的恐惧经久不灭，它斩断了女孩回归土地的路途，在自己湮灭的最终；她依旧无情着。

　　我没让她看见我，我转身离去。

　　河流消失了！但是河流真的消失了吗？
　　模糊地，河流穿越城市的腹地，带走了一些杂物和记忆。

作者简介 FEIYANG

　　　张迹坤，秋天生的狮子座男生。性格里有着一半沉静与聒噪的混合体，另一半未知。很多时候感慨此去经年里的繁盛记忆，一个印记。一种昭示。却什么也留不下。总无由来地对身边的人事恼怒，容易对生活失去一部分热情。(获第十一届新概念作文大赛二等奖，第十三届新概念作文大赛二等奖)

狗  ◎文 / 李连冬

一

　　要过年了。街上不时传来几个炮仗响，砰砰啪啪。一伙一伙男孩儿跑来跑去，装满几口袋拆出来的炮仗，细的，大的，红皮的，白皮的。一手攥着几个，一手夹紧一根香，点一个，远远跑开，紧紧地盯住。鼻子吸溜吸溜，胳膊狠狠抹一下。一阵紧张的寂静，砰的一声炸开。

　　炮仗在外边儿一声一声的响。响一个，小狗儿就抬起头，一动不动，紧张地听听，再低下头，仍然半蹲在地上。我蹲下来，捋捋它身上纯黑的毛。柔柔的绒毛包着小小的身儿，几簇短短的硬毛刚要长起来。小狗抖抖怯怯地望着我，眼睛黑得发亮，晶莹，黑眼珠填满了眼窝，只有一丝白环在眼角闪过。

　　"多大了？"我问哥哥。

　　"一个多月，刚会叫出声。"

　　"这么亮的眼。"

　　奶奶正从屋里走出来。"见天光才几天，娘胎里润的。"

　　小狗耸耸身子，站起来扭着尾巴慢慢走到墙根，蜷起了身子。耳朵贴在地上，黑亮的眼睁着，瞪着这边。

　　哥哥是来送年的，顺便带来这条小黑狗。家里的老

黄狗秋天的时候死了。

我在小狗边上待了一个下午，熟起来了。它看我的两只眼里有了亮光，射了出来，倒把怯怯的眼神丢去了。我在边上踢个球，它跟着球溜来溜去。碰到球，把两只肥肥的前爪扒上去，张开嘴就咬。球滚圆滚圆，它只是瞎张着嘴。球蹿出来了，它又跟在后面追，小尾巴一扭一扭。

我给它端来一碗水。它把头探进去，一舌头一舌头叭叭地舔。碗里的水纹荡开。舔完回来趴在我的脚上，摇晃着头，啃我的鞋。我走开一步，它又紧紧跟了上来。哥哥在旁边看。我问他："他老啃东西干啥？"

哥哥说："刚投出牙，磨牙。"

我把小指伸到它的嘴前面，他伸伸舌头舔舔，用牙轻轻来咬。一排细细的小牙。

父亲正好走过来，我看着他："把小狗放在哪儿？"

"嗯？"

"还是老狗的地方吗？"我先说了出来。

父亲迟疑了一下。

二

父亲大概是想到了大狗。

大狗的死，是在最后一片枯黄的叶落到黄土上，归土的时候。

那天下午我从学校回家。黄昏的时候，母亲突然对我说，大狗死了，不几天前。

我一惊，几乎说不上话来。死了？我不由地在想些什么，在脑里搜索些什么：是，一个下午，我一直没有看到那熟悉的吠声。

"怎么死的？"我问。

"病死的，"母亲轻轻地说，"他不吃不喝，地上一堆一堆的血，还不让人看见，它自己扒上土，想埋住。后来不行了，只能趴着，睁着眼。那天我给它一碗粥，也知道它不吃。十几年了，舍不得啊。"她也难过。

我说："埋了吗？"

"给了狗贩。"母亲说，"不管别的，它拴在这儿，一辈子了，别让它再在这里受罪了。"

是。让它到别处去吧，到别处去看看。

我到养他的屋子里。真的，空了。什么都没有了。狗，狗，十几年突然颠倒，翻腾，疾驰。我的泪旋即而下。

泪很烫，一下就凉了。外面太冷了。

这条狗刚来的时候刚刚能跑起来。我记得父亲从一个编织袋里把它倒出来，它翻了一个滚，两只小小的前腿撑了起来，怯怯地看着四周。

六岁的我趴在地上，仰着脸看它。手还小吧，我摸摸它的头。他回过头看着我的眼。我一动不动，看着它。

——这大概会是关于我的童年的永远的镜头，永不磨灭。

它在长大，从小狗到大狗。它的容貌渐渐地定型了，是一条家养犬，身子不大，也不小，黄毛，不硬，也不软，只不过它老了之后，换毛之后，一天比一天硬起来。它叫得很干脆，"汪——汪，汪汪——"，既不特别骇人，也不柔和。这吠声在我的家里响了十几年，戛然而止。

父亲干行医这一行，爱静，爱净。对于这条小狗，大狗，老狗，他不露出喜欢，也漏不出厌恶。只是有时候见到狗留下的不干净的东西，父亲皱皱眉头，默默地扫掉。小狗越长越大后，父亲说，得把它拴起来了。家里来诊的病人来来往往，确实，放着一条狗，也不好。

还只是说说。可是狗疯起来，咬了一个病人。

父亲脑门的青筋绷起来，把狗狠狠地敲了几棍子。狗跑着，躲着，叫着，那呜呃呜呃的声音像是呻吟。父亲用铁链把它拴起来。一拴，十年。

在农村，咬人的恶狗，会被人砸死。我的大狗，一辈子就咬过这一次人。

它于是就被铁链拉着，拉了大半生，长大，变老。一条公狗，一辈子没近过母狗。在它慢慢过一生的同时，我也长大，上学。离开它的时间越来越长了。后来到一个小镇求学，许久回来，我去看它，它赶忙拖着铁链一颠一颠地跑过来。

我记得在那些春天，它换下冬天厚厚的毛的时候，我在他身上慢慢拂一下，绒毛一团团慢慢飞下，落地。它一动不动，站在那里，等着我的手。那时它已经老了吧。

现在它死了。铁链一头空了，伏在地上，一动不动。

三

父亲是不想再养这条狗了。大狗死了之后，父亲也没提再买一条小狗。"现在咱再养狗也没用了。"父亲对我说，"再把一条狗拴上十几年，看它老啊？"他看了我一眼，加了一句。

我没说话，父亲的话像是刺了我一下。我看着小狗，想了想，说："至少得给它找个地方过一夜啊。"

父亲边走边说："随便在哪里，都得吵一夜。"

"为啥？"

"狗小，想它妈。"父亲说说，走了。

球滚了出去，小狗跑上去追，一扭一扭。

天黑下来以后，竟然起风了。呼呼的风拽起枯干的树枝和街上没压住的塑料，哗哗地响。年来了一样，我想。

父亲把小狗放在了那间空屋里。大狗死后那里就只剩下一些杂七杂八的东西了，里面黑黑的。父亲把抱着的小狗推进去，关紧了门。我听见哧哧啦啦，是小狗在用爪子抓门。它汪汪地叫起来，柔软的，颤颤的。我望着父亲。父亲还是说，怎么办，都得难受上几夜。

我于是上楼，坐下想想，抽出一本小说。然而翻上几夜，耳边只听见小狗呜呃呜呃的叫声。大风吹过来，抖抖的。我坐不住了。

　　我于是下楼，打开门。小狗溜溜地跑出来，还在呜呜地叫着。它跑来跑去，软软的腿撑起的身子不断换着方向，鸣声不断，哭一样难过。它在害怕。我去抱它，狗儿颤抖着。我把它抱到我的屋里，放在脚边。它抬头看我，我看到它的黑亮黑亮的眼里噙着泪，是委屈。

　　我坐着看小说。这个晚上，我的两脚几乎一点也没动：小狗蜷在两个脚中间，挤着，才趴下闭上眼。我刚挪一挪脚，它就呜呜的，赶紧找到两个脚，再紧紧跟上来。它不时地用力抓抓地，晃晃身子，呜咽。我舌头尖上有种说不出的味道：那鸣声，是一个婴儿的哭泣。

　　什么也没有看进去。我脚下有双黑亮黑亮的眼睛，流泪。我开始觉得，这么纯洁晶莹的生灵，让它在我脚下变得愚顽，让它在我的注视下拴过十几年，我还受不了。

　　父亲走过来。我说："小狗，我不想养了。"

　　他停了停，说："等过了年吧。"

四

　　除夕夜。放完礼花，喧闹的人散去之后，我守着电视，等一个春天的到来。小狗在屋里。它蹦蹦跳跳，四条短腿，溜来溜去。周围静下好长时间后，它把头枕在我的鞋上，竟睡着了。

　　静静的守岁夜，我听见小狗轻轻的喘气声。这么一个生灵，在我的脚边无忧无虑地酣睡。在这个布满清香的硫磺味的深夜，我感到安详，一种别样的安详。

　　那大风的一夜过后，小狗一天比一天熟识这个家。夜里它不再吵，只是静静蜷伏起来睡觉。这是一个小宝宝，它在忘记它的母亲，我看着它想。

　　夜里它在我床边睡。白天有时把它从屋里放出来，也会在我旁边蜷起身子，趴在地上，一动不动。又会突然站起，像想起什么，跑到我跟前，撕咬我的裤脚。我把它轻轻踢开，它又摇摇摆摆回来，再咬。我不懂，待它玩一段时间，它自己就一扭一扭走开。

着实可爱。我看着它黑得无可挑剔的胖胖的身子想。可是，不会让我把它养大了，就如同不会看到它衰老一样。

年过后，陆陆续续来了许多人。家里热热闹闹，忙忙乱乱。

一个傍晚，父亲对刚从外面回来的我说，小狗，他送走了。

我只是嗯了一声。我又像在想着什么，在脑中搜索什么：真的，这个下午，我没听见它细微的叫声，轻轻的，颤颤的。

五

年过去了。一个冬天在收起它的尾巴，一个春天在悄悄走来。春天的风起了，冬天最后一些又凉又暖的日光洒满整个庄子。日头慢慢西斜，变得极其温柔，抚摩庄里古老的土墙和墙下望着太阳的老人。烧柴的烟在庄子上头氤氲，拦住从一户又一户里飞出的厚实的嗓音和笑声，俯望这个广阔的黄土上杂乱的小庄，吐着年来年去的味道。

外面一伙儿孩子又在跑来跑去，叫叫嚷嚷。我低下头望望四周，看不见了小狗，只有一个盛着半碗水的小碗。水平如镜，我看到，里面两个纯洁的生灵，汪汪叫着，向远处跑去，一前一后。

作者简介
FEIYANG

　　李连冬，常叫冬子。1989 年冬至出生在济南，现在南方念书。经历平凡，总不超出大家对二十出头年轻人的想象。俗人一个。写了点东西，一来过日子，贴补家用，挣不了多少，够几天烟钱；二来学些手艺，不至一事无成。手笨，总不大成气候。（获第十三届新概念作文大赛一等奖）

六人世

◎文 / 刘涛

一

A 是个幻想主义者。幻想主义者理所应当有着常人不能适应的怪癖。比如随时随地地陷入自己的幻想，脸上挂着不合时宜的神情。

她对自己的宠物和家具有着特别的称呼，好像是在名字中赋予了它们存在于她理想生活中的资格，比如她把自己的那把胡桃木的椅子叫做骑士的坐骑，再比如她把家里唯一的一只英国短尾猫叫做王子。这之间其实并没有联系。

她看了太多的漫画和不切实际的动画片，以至于过早地戴上了很高度数的眼镜，这让她和自己梦想中的公主形象大相径庭，但这一点也不妨碍她把心形的美少女贴纸贴满墙壁和门框。

她模仿校园言情小说来规划自己的生活，上学的路上为了有一段邂逅总是按时光顾一家固定的甜点屋，即使那家的黑森林蛋糕吃起来像过期的中药，她还是乐此不疲。希望当她获得公主式的爱情的那一天，她的王子不会因为她的一口蛀牙而退怯，毕竟男生不是她家的短耳猫，很乐意为她舔去唇齿间残留的饴糖碎屑。

A 的声音介乎于变声前的男孩子和具有低音歌唱家

天赋的中年妇女之间，这么形容只是为了说明她的声音只是比中性甜美那么一点点。如果正常的说话可能我会觉得她很有广播员的资质，可是她是幻想主义的Ａ，并且是无可救药的少女幻想主义。所以当她张口的时候你听到的是一种让人毛骨悚然的声音，你尽可以想象一个面容猥琐的大叔发嗲的情形，当然这有些夸张了，她绵长而发颤的尾音确实让人不寒而栗。

于是Ａ终于变了副哀戚的样子她的剧本可能换成了一场爱情悲剧，那个不存在的人变成了她苦苦等待的人，她把忧愁贴在眉毛间，一副要死不活的样子。Ａ有一个记事本，几乎所有她遇到过的男生都会为他们细细安排一段相遇的情景，她总是幻想自己拒绝了那些她看不起的男生们，然后在女生们嫉妒和羡慕的目光中高傲的和她认为最优秀的男生在一起。事实上，从未有人对她抱有幻想，哪怕真的是最没资格的男生。

Ａ变成了现在的样子，她的目光总是游移不定看起来像神志不清，其实她是想装得迷离。她的头总是低着以至于她驼背得厉害，其实她在幻想着所有人的目光都聚焦在她身上让她羞涩的躲避。她总是穿着和自己格格不入的裙子和绷得过紧的铅笔裤，她自动忽略了自己身材一点也不好的事实，甚至她开始涂抹白的吓人的粉底，毫不在意她的脖子和耳根真实的肤色让她看起来像戴了一张面具。

Ａ是幻想中的公主，现实中的怪物。

一天她从教室外回来看到记录着自己幻想的记事本被粗暴而马虎地塞在了抽屉里，她从零碎的讨论声中得知她的秘密被依次传阅并加以嘲笑。他们打量她的目光并不躲闪，大声的声讨她那些令人作呕的细节，说她做作并缺乏自知之明。她终于看明白那些男孩子欲言又止的神情并不是自己假想了一遍又一遍的告白，而是一种看笑话似的嘲讽。

Ａ的幻想主义最后终于崩溃掉了，她耳边全都是喋喋不休的议论，像针尖一样指向自己。所有的人都变成了她的敌人，包括那只被她叫做王子的猫咪，似乎除了食物，它看她的时候，眼神里都带着轻蔑。

A仍旧是幻想主义者，但现在的幻想似乎变了味道，她认为所有的人都对自己有敌意，于是她变成了被害妄想症的患者。

二

B是个不折不扣的被害妄想症患者，和A不同的是，B自始至终都是，没有从任何虚假的主义过渡而来。B的病因并不是由于外界迫害，当然这个名词用在A身上也不合适。B曾经热衷于恐怖电影，晚上在舍友均匀的睡眠呼吸声中，她的午夜电影当就开播了。

但B有一个习惯，晚上睡觉的时候不穿任何衣服，不知道是从哪本杂志上看来的健康睡眠方法，于是毫不犹豫地贯彻实施了。她睡觉很安稳，从来不踢被子，但入睡之前总是细心的掖好被子，恨不得把自己裹成一具活生生的木乃伊。

她每夜都坚持不屑地去研究那些怪力乱神的故事或电影，但也总是把自己吓得胆战心惊。她十分厌烦却又勤勉地去换被冷汗浸湿的床单。她有一套奇怪的逻辑，为了节约时间，总是把洗床单的事情放在晚上，她在水池边放着一盏红色的小台灯，在晕黄的光下把水龙头开得哗哗响，各种影子错落重叠在身后，藏匿在阴影里面，好像随时随地会从里面伸出一只漆黑的手，把她瞬间拖进死亡。她不断地把自己置身于各种各样的情节里面，她开始害怕每一件事情。

当然我不会重复地去讲相仿的故事。B的被害妄想症和A的不同之处在于B的妄想对象不是身边的人，而是身边的事物。她觉得那些既不会说话也不会动的事物最让人捉摸不透，你不可能根据它的外表来判断这个东西是不是具有思想，比如你看到一棵灌木的时候依照日常生活中的知识，你知道它是具有生命的物体，但是你无法通过它的语言行为来猜出它的情绪，所以她惧怕这些东西。

她走路总是小心翼翼，害怕踩到各种昆虫而遭到报复，她曾经在电影中看到过因为毁掉了白蚁巢穴的人被蚁群活生生地啃食成白骨。她喝水的时候总要闻水中有没有奇怪的味道，包括来自她鼻腔的错觉都会让她义无反顾地倒掉整整一杯水而口渴一天，因为她看过了饮用水中重金属元素含量超标的报道。她违规地将自己床边的护栏加高了许多，她透过监狱一般的栏杆心满意足的审视着她惊讶的舍友们，她曾经听过上一届的某个学姐因为从上铺不慎摔落而导致残疾的传闻，她周密地把自己保护起来，甚至她睡觉不再脱衣服以便于随时随地逃跑。

B可以做一个哲学家，或者是一个生物学家，因为生命在她眼里显得异常脆弱。她认为任何时候自己都会被外界的不可抗拒因素迫害致死，她变得异常珍惜自己活着时间，她的每分每秒都在设法保护自己。她远离尖锐的桌角，她下楼的时候一定要抓扶手，她不肯坐电梯，不愿意和陌生的人交谈。

B开始怀疑一切事物的安全性，所以她突然的变成了一个比任何侦探还要敏感的怀疑论者。

三

我一直觉得B和C如果能在一起的话她们一定有很多的共同语言。可是她们之间存在着很大的代沟，我是说C已经不是和年轻的女生能说得来的年纪了，她甚至曾很那些比她年轻漂亮的女孩子。这不仅仅是一个女人随着年龄的衰老本能地去嫉妒，更重要的是C最近有些疑神疑鬼。

C的丈夫是职场的小员工，买的是二十五年贷款的房子，家里只有一辆电动自行车，还有一个正处于叛逆期的儿子。C的丈夫长相平庸，没有任何优点，或许说他的平庸温和是他最大的优点，唯唯诺诺，既管不住自己儿子也害怕自己的老婆。可以说，是一个没有任何人格魅力的人，不论什么褒义的词语放在他身上，都显得有些过分的抬举。

　　C像大多数的家庭主妇一样，总是会抱怨为什么当初会嫁给这样的男人，在同学会上比一比就会觉得脸上无光，她最常用的抱怨是如果她当初嫁给了另一名追她的人，她现在就是局长夫人了，住着别墅开着宝马还不用上班养活家。

　　但最近这个在她口中一无是处的男人也有了外遇的迹象，当然这是她一厢情愿地认为的。她检查她的通讯记录、领口、口袋、指甲、脖子，却没有找到任何蛛丝马迹。她觉得一定是遇到了一个强大的对手，也许对方比自己更加细心，刻意地不留下口红和头发的痕迹。她一定是还没有完全抓住他的心，所以不敢像她公然挑衅。于是C像审讯犯人一样在丈夫出门前总要弄清他的行踪，扣光他手里的每一分钱。他对她的行为感到十分不解，在单位中被嘲笑是妻管严以及长期的忍受终于让他有了爆发的一天。他狠狠地扇了她一耳光，她倒在地上错愕地看着他，更加坚定了她认为他有外遇的想法。

　　C开始暗中盘算，她怀疑他的每一个动作，好像在那些细节之下隐藏的都是他的不忠。她史无前例地给了儿子一大笔零花钱，在他不及格的卷子上签字，不再辱骂她。这让自从她更年期以后就和她疏远的儿子受宠若惊。C安排他跟踪自己的丈夫，并且取出积蓄买了一台便宜的相机。当然他的儿子也不负众望，专门挑那些容易被误会的暧昧场面拍进去，他似乎很有摄影的天赋，总是能找到最好的光线和角度，让正常的工作交谈看起来像是谈情说爱。

　　她整日对他冷嘲热讽旁敲侧击，她在持续陷入在怒火中烧和醋意大发的状态中。只有她自己心知肚明她不是爱他而是为了满足自己的占有欲，在完全收回他的心之后她将又对他置若罔闻，甚至对他的态度还不如对邻居的一只京巴狗亲切。

　　C不算是精明的女人，但是在这件事上的态度却毫不含糊。她开始热衷于邻里之间的八卦，时不时的把话题扯到自己丈夫身上好打探关于他的那些小秘密。她知道这些女人从不会顾及她的面子，巴不得当着她的面数落出她家的丑闻。

终于在她的重压之下丈夫毫不犹豫的顺着她的意思出轨了。在她发现他衬衣上突然多出来的女人头发时怅然若失。但她又有那么一丝成就感。但她在仔细想想之后又发现这么下去，如果离婚的话自己不仅会失去房子，甚至连自己孩子的抚养权都拿不到。C几乎是在瞬间转变了角色，他开始讨好并且恭维自己的丈夫，做他喜欢的菜，甚至不介意他用居高临下的态度对待她。

没错，这次改变的不是C而是他的丈夫。他变成了大男子主义，言行粗暴自信满满。他很满意自己变得和公司里那些同事一样意气风发，虽然他也不明白究竟是为什么。

四

既然讲完了C的故事，就不得不说说D。他们之间从未谋面，唯一的交集就是C偶尔能从自己丈夫口中听到D的名字，然后再抛诸脑后，下一次听到的时候又会觉得像是一个陌生人。D是她丈夫的同事，关系还算不错，偶尔一起去喝酒然后谈论一些只有男人才会热衷的话题。但D同时也是她丈夫一直所羡慕的对象，在他眼中，D的身上有他向往的标准。

D是个很粗犷的男人，包括了男人应有气魄，比如身高一米八七，体重九十公斤。这让他看起来极具威慑力。但他又不是一个不修边幅的男人，他的衬衣每天都会洗得很干净，他的脸上从来不会有青茬。这种异常成熟却有些狂野的魅力让他得到不少女同事的青睐，她们总幻想着他健硕的身躯是多么值得依靠。我可没说过D是正人君子，他时常和形形色色的女人保持暧昧的关系，把她们当作一种消遣。他和陌生的女人在一起的时间比和妻子在一起的时间要长，但他毫不愧疚且振振有词，凭什么要把所有精力和时间赔在同一个女人身上，反正年老之后有的是时间在她身边。

D有着大多数男人的缺点，他酗酒，但是酒量很浅。D爱惹是生非，但被激怒的人往往又畏惧于他魁梧的身形而选择缄默。但当着两者凑巧放在一起的时候，就是 D 出糗的时候。D 的大男子主义有他自己的一套说辞，他极其注重脸面。所以每当在应酬上有人故意说他不能再喝的时候他就执意把酒杯斟满。他装作豪情万丈的样子举杯像每一个人敬酒，直到最后把自己灌醉。往往有 D 出席的应酬最后谈的生意都是失败的，喝醉的 D 在所有人面前胡言乱语，或者脱掉衣服就地躺下，任凭如何踢打就是不愿起身。别人在看了他的笑话之后又觉得他不够稳重，于是被拉入了应酬的黑名单。作为一个标准的男人是不愿意过着这样被排挤的生活的，所以他结识了一堆酒肉朋友，他大手笔地请他们吃饭喝酒丝毫不输于应酬的排场，但又出于这样的原因总是在他们面前盛气凌人。

所以 D 永远都不会知道为什么自己宿醉之后身上会分文不剩，身上会多出大片的淤青，甚至自己为什么会躺在马路边的花坛里。他不愿仔细琢磨朋友对他的解释，但他又不甘心，他只好把一肚子的怒火转向了他孱弱的妻子。对他来说没有什么人是比妻子更好的发泄对象了。他每月挣钱养着这个女人，不用她上班，只是在家做做平凡的家务，他认为她帮自己承担一些痛苦理所应当，所以他把怒火转化成痛苦施加给她。

邻居总是津津乐道他家中传出来的杯盘碎裂的声音以及她妻子求救似的哭喊。他似乎很满意这种行为带来的威慑力，比如邻里交谈时别人总是对他抱着谦逊的态度，再比如他在家可以呼风唤雨，有求必应。他总觉得妻子脸上的伤痕是她荣誉的勋章，他这样的心理都是源于他自身作为一个男人不可抛弃的自尊。光鲜的外表是给别人看的，至于背后有多狼藉，则是分内的事情，没有人会专门跑去听他的妻子怎么哭诉他的暴行，况且他知道她不敢。

像煽风点火一样，一旦有了一个苗头便会一发不可收拾。但 D 丝毫没有意识到自己的行为也会有超过界限的那一天。他不屑地看着那张离婚协议书然后大打出手，他想一定会和平时一样闹完之后妻子又沉默地流着眼泪乖乖地给他做晚饭。但毕竟是女人也会有选择拼得鱼死网破的那一天。妻子付出了左眼失明和右手骨折的代价和他离婚并把他送进监狱，当他想求助某些人的时候却发现没有谁选择留在自己身边。D的大男子主义最终被孤立在了众叛亲离的后半生，他想到这里痛哭流涕。

五

E和以上的人没有任何关系。只是我在讲了各种各样的人之后突然想到了他。E未婚，但是有一个固定并且长久在一起的恋人。E是典型的早恋反面教材，高中的时候和漂亮的女同桌上课手牵手被恰值更年期人老珠黄的女班主任看到，这直接导致了日后一系列悲剧的发生。最毒妇人心，说这句话的人肯定没少栽在女人手上。特别是年老色衰而又小肚鸡肠的女人最可怕，她们往往用尽一切手段来宣泄自己几乎同等于弃妇的心情。

E是个好学生，E中规中矩。不抽烟不喝酒不打架，待人接物谦和温驯。但是E是个极其闷骚的男人。所谓闷骚就是在别人面前闷，在自己人面前骚。当然自己人也只有一个，那就是小女友。

小女友当然没有错，也没有什么不好。如果一定要强加一个理由就是小女友在成绩为标准的地方卡死了。班主任语重心长地对E说，像你这么优秀的人干吗现在非要在一棵树上吊死呢，将来的机会还很多嘛。E就在心里嘀咕，能上吊的树固然多，但也不能是歪瓜裂枣的，死还有尊严呢，再怎么说也要牡丹花下，就是她不是朵花也好过其他歪脖子树。但E肯定不敢当面这么把心里想法说出来，于是他一边是是对对地迎合着，一边盘算着今晚和小女友去哪玩。

学习好的人不见得都有口才，但是逻辑也不会差，就算是编个莫名其妙的借口也会有理有据。E对自己的小女友说，你看啊，我们在一起招人嫉妒了，我要保护你的安全远离那些流言蜚语啊，保护你的

172

名声啊，所以以后在学校你别和我说话啊，我们私下没人的时候玩。所谓私下没人的时候也是见不得人的时候。小女友不愿意了，说你怎么这么窝囊啊，有人嫉妒我你就去帮我对付他啊。女人的直觉往往出乎意料的准确，特别是偶然那么一具话也能预知到下面的事情，这是先见之明的体现。比如小女友骂 E，你真窝囊。

显然 E 不是蛇蝎心肠的对手，姜还是老的辣呢，从小学时到就沿袭的找家长告状到现在还是被沿用着，一来二去总有被抓住的时候，况且 E 再小心翼翼也有骚得不是场合。一家人在办公室里和老师会面，听她添油加醋的说如何败坏道德甚至扯到伤害其他人的心理健康。这个念头没有多少人心理健康，伤害某个人的心倒是真的，最见不得别人恩恩爱爱卿卿我我的怨妇最受伤。于是小女友接到了 E 父亲的一通电话，一顿数落，小女友当即就委屈地哭了。但她怎么也想不到的是电话是 E 主动提供的，介于认错态度良好可以少挨骂，E 不惜连小女友家里的电话都供了出来。E 知道小女友家里单亲好欺负，也不敢反驳什么，任由自己的父亲把小女友的母亲骂得狗血淋头。

但小女友可不是好欺负的主儿，哭是哭了，该闹还是要闹，一个巴掌抽到 E 脸上，说你当时就怎么不知道给你爸说是你追的我啊，是你成天骚扰的我啊！E 说我说了，人家可不信啊。但 E 实际上在打电话的时候眉飞色舞地把自己怎么勾搭的小女友都描述成了人家怎么勾搭的他。小女友又说，你明知道我家不好，你们一群男人还来欺负我和我妈？E 说他迫于淫威阻拦不下啊，E 确实是迫于淫威，E 怎么想都觉得孤儿寡母好欺负，总比自己担着挨骂强。

但 E 唯一没考虑到的是挑拨离间是女人的天性，何况还是心狠手辣的女人。班主任把小女友叫去一五一十告诉了她并且教育她不能和这么窝囊的人在一起。

E 被打得流了满脸鼻血的时候才记起来站在小女友旁边并且把他好生修理了一顿的男人是谁，E 不得不承认自己确实窝囊，上次在街上小女友被人调戏的时候自己随便找了个借口跑了好远害怕挨打，回头又解释说自己是去叫朋友帮忙。现在那个调戏小女友的男人成了小女友的男朋友，她踩着自己的脸说，你真窝囊，然后指着身边为自己出头的人说，看看，你比真的男人差远了。

六

很早之前的相亲模式就是广泛撒网，重点培养。比如在多个婚介所投放自己的简介，热情度堪比应聘工作的时候。谈恋爱也不例外，如果是抱着最终找到一个良人在一起生活的心态的话，这个方法也不错。但关键是既要和多人保持一定程度的关系，又要彼此间不相互影响产生矛盾。没有那个女人可以做得比 F 好。

E 曾经也是 F 的重点培养对象，是不过 F 在看了 E 的狼狈之相后，立马选择了放弃。此后不仅没有再当着小女友的面对着 E 撒娇，也更没有像之前那样在 E 的身边故意把领口拉得很低。现在的 F 懒得和 E 说一句话，甚至连正眼瞧都不愿意。在此之前 F 还信誓旦旦地说你是我的朋友，我什么秘密都会告诉你。

F 的秘密也确实多，因为她是个极其不安分的女人。不安分的女人背后总有一堆故事在做铺垫，要么让你觉得她的身世迷离凄苦，要么让你觉得她迫不得已楚楚可怜。当然这一套不只是对男人有用，对女人同样有效。多一点的恩惠和谄媚就会让女人乖乖闭嘴不去说关于你的闲话，只要消除掉嫉妒，不论是谁都可以拉过来当自己的同盟。这个世界上当真没有绝对的敌人，F 对这一点心知肚明。

F 的漂亮不可置否，看过她的男生都会称赞上几句然后找个借口搭讪把电话要来。但公主王子配是童话里面才会有的事，现实往往和梦想背道而驰，来要电话的男生良莠不齐，而她自己的心上人和一个身高一米五，脸上有雀斑的女生在一起，远远看起来极不登对。F 的电话簿里确实有不少男生的电话，关系亲密的却不是理想中的那几个人。她想越是好看的男生审美就和正常越有偏差，但仅仅是这样她又怎么会甘心。

很多人说 F 和她的好朋友像双胞胎一样，一样的打扮一样的朋友圈。只不过从正面看的时候反差过于巨大，F 乐于在人们在这种品头论足间流露出对她的赞美。她能缺少这种比照，同时也不能忍受用来和她进行比对的人哪点比她好，所以折中的办法就是两个人变得一样。但是这种平衡并没有维持多久。起因是她中意的男人先对她朋友表了白。

F 不会忍受这样的事情存在，恰巧朋友也并没有想和那个人在一起的意思。但表白的过程是大家有目共睹不可更改的。之前告诉别人的，那个男生其实是在追自己，总是找朋友的原因是为了多打探一些自己的消息的谎言也不攻自破。所以 F 冥思苦想了一个借口。她巧妙地告诉别人，他只是在玩国王大冒险的游戏，恰好赌输了所以才要随便找个女生表白。

她在说这些话的时候没有注意事情的主角已经站在她身后，于是在一群人莫测的目光中她慢慢地回头然后把目光僵止在两个彼此牵着的手中。事实上是两个人没有真的在一起，只不过再秘密的话一旦说出去也会有变成传言的那一天。他们只是适时地，小小地反击一下。当然，也没有永远的朋友。F 的故事被人津津乐道添油加醋。男生们看 F 的目光已经不是恋慕而是玩弄。而 F 自己还不知道，或许也只是为了面子装作不知道。

七

如果单独讲出来的话，这些人的故事听起来不仅突兀而且荒谬。可是这个世界的复杂不是人为可以推算出来的，每个人的生活方式不尽相同。如果去不刻意地提他们，他们和所有人一样混在人群间平庸莫辩。他们不是人性的代表，因为他们还不够特殊，每时每刻都在发生的数以千计的疯狂的事情，不是他们能够比拟的。这六个人只是稍稍偏离了所谓的正常的生活方式，所有人都在这个标准的两边行走，兢兢业业的人才会让人觉得难以接受。

A 可以是我讨厌并让我觉得幸灾乐祸的同学。

B 可以是我敬而远之的陌生人。

C 可以聒噪但热衷于向我们述说的邻居。

D 可以是我的父亲。

E 可以是曾经我的某一个没出息的恋人。

F 也可以是我嫉妒却假意讨好的朋友。

他们只是身边的人而已。我想我和他们一样有那么一些特质是和生活格格不入的。但因为具备这些，而与他们共同归为一类。

也许从来不曾分类，应当一同称谓"我们"才对。

六人世，仅仅是这样而已。

作者简介
FEIYANG

刘涛，别名江修，又称 NONO。1992 年 10 月出生于陕西，偏爱 Arch Enemy。（获第十二届新概念作文大赛一等奖，第十三届新概念作文大赛二等奖）